U0517951

舌头里的语言

阿卓日古 著

德宏民族出版社

图书在版编目（CIP）数据

舌头里的语言 / 阿卓日古著. -- 芒市：德宏民族出版社，2018.11
ISBN 978-7-5558-1108-4

Ⅰ. ①舌… Ⅱ. ①阿… Ⅲ. ①诗集—中国—当代 Ⅳ. ①I227

中国版本图书馆CIP数据核字（2018）第234232号

书　　名：舌头里的语言
作　　者：阿卓日古　著

出版·发行	德宏民族出版社	责任编辑	思铭章
社　　址	德宏州芒市勇罕街1号	责任校对	濮文娟　张家本
邮　　编	678400	封面设计	陈连全
总编室电话	0692-2124877	发行部电话	0692-2112886
汉文编室	0692-2111881	民文编室	0692-2113131
电子邮件	dmpress@163.com	网　　址	www.dmpress.cn
印　　刷	昆明龙昇印务有限公司		
开　　本	787mm×1092mm　1/16	版　　次	2018年11月第1版
印　　张	14.75	印　　次	2018年11月第1次
书　　号	ISBN 978-7-5558-1108-4	定　　价	52.00元

阿卓日古

一九九三年生于云南省丽江市宁蒗彝族自治县。现就读于楚雄师范学院人文学院，诗歌散见于《诗刊》《民族文学》《星星》《诗选刊》《中国诗歌》《边疆文学》《江南诗》《滇池》《草堂》等。参加二〇一六年第九届中国·星星大学生诗歌夏令营，诗歌获得云南省第三届野草文学诗歌优秀奖；同年获得滇西文学奖。

目录

宿命

不知道什么时候开始
我相信宿命
我相信它们是我的左右手
我相信它们是我的双耳
它们是我的双眼
它们是我的双膝
不知道什么时候开始
我相信我的身体被我数了一数
我的命运被我捏了一捏
有时候
我也会莫名地数着死去的亲人
捏紧他们

石头在炸药中

石头在炸药中喊疼
开始有人用左手掂掂这些炸裂的成色
开始有人开出拖拉机
把它们四分五裂
成为石匠必须打磨的细活
城里开始有了大理石的纹路
坐着抽了一斗旱烟的人
开始拼命
把它们打磨成形

母语歌

抖动那舌头上的唇翘
连旋律都是母语的
连四周的颤动声都是母语的
好像不用什么力量，就能完成合法的节拍
就像毕摩不用什么咒语，就能完成一场仪式

石丫口（一）

石丫口上的生活
一个多么成功的断句
像我们的雪天
丰收的人倾巢而出，感受着劳动的质地
废旧的老屋慢慢变形
时间打磨着我们空空的十指
石丫口荒废成独守的佛

话题

风隔着一天一夜的路程捶打着我
风隔着冰冷的寒夜吹打着我

石丫口的山风
像一个背负耻辱的女人，在冰冷的手心盘旋
而另一些女人像一些话题
靠在栅栏上

堆

洁白如雪的岩石
在一朵云的背阴处打坐
蓝色的慈悲
菩萨的心肠
重重压在半山
像万万个苦难深重的修行者
十二月份
多少人还在半山腰
在一望无际的稻田尽头
垒起石堆
就像一大群绵羊
被虔诚地呵护

站在风口

《星星》2016年第9期

巴掌大的石丫口空空荡荡
只有远处，只有更远的风吹打着
只有被风吹起的麦浪
滚滚而来
只有母亲在土坯房旁弯下腰
掏出一个个土豆，擦掉松土，擦净这些椭圆形的脸谱

组诗《故乡宁蒗》

去看山冈那一串足迹

去看一座山里虔诚的绵羊
我跪着捏成的一座山
喜欢在这里堆一座雪山
满山堆满雪白的足迹
人啊
在山里走来走去
就不经意地走出一条坚硬而曲折的路
这是人不经意的杰作
绵羊喜欢满山吃草
喜欢掏心掏肺地吃
这是山不经意的风景

天空与生活

天被熏晕了
误入高原
我看不到它的平原
我看不到它的海洋
我看不到它的本来
生活清澈见底
我看到了活动的老人
看到了辣椒树上的秋天
我也看到了它的原本
天空与生活本无关联
是我不小心
站在了它们中间
剪短了头发
把它们缩短在了一起

故乡

穹顶的天空
星星比星座更让人想象
蔚蓝而炫目
夜幕拉回村寨的牛羊
风吹散的心跳
马车拉来的马路
都是一棵树对土地最沉痛的思念
南边的县城孤独
往北的黑夜拉黑
往西的亲戚
迁移生活就像扛一袋荞麦
游刃有余

夜的想象

夜在远方让人思念
远方坐着洗衣服的妇女
一生的愿望就是把整个冬天洗干净
远方坐着一个拔豌豆的母亲
就像扶起一座高原
里面住满男人和女人
村口的狗叫着的方向
正在堆起雪山
村里再往外
风正在捂着脸路过苦荞地

风吹起牧草的早晨

是风吹散了牧草的春
堆出了高寒的山
是风垒起了村子的早晨
一次比一次垒得早
是今天
故乡 牧场 情歌
和一两个牧羊女
让整个高原的生活有了高度
土路
从故乡的牧场上
飞驰成一组动作
风是富有生命的动词
牛羊的草场
被风吹得左摇右晃

四十五岁的人

四十五岁的人
每次
扛起四十五岁的人生
都是沉重的举步维艰
每次
左找右找
在城市里
满世界寻找招工启事
很多人
也是这样漫山遍野找
野生菌与鸟蛋

刮风的脸

《诗刊》2015年第8期

那张被风刮疼的脸
像石丫口的半壁江山
高寒而耐磨
生活的好处方
超过石磨房的磨损
放大成分秒之间
风出产远方的颗粒物
远方的东西
也有心大的
在那么一刻
会刮疼你的嘴唇
尽管你鼓起的腮帮子
　足够撞击
尽管远方一次次原谅了自己
不大不　小的歧途

世袭着我的土地

《边疆文学》2016年2期

矮矮的土坯房
我的爷爷给我父亲的城堡
世袭，遗传
无微不至地关心着
我那坚不可摧的父亲
跟着日子慢慢过着
如果有一天，等他宣布
我该如何继承
他的城堡
是把它背回宁蒗的家
还是把宁蒗搬回那个矮树林里

石头语言

石头之上
最少有一种鸟，年年留下美好的午后
最少有一座风机
疯狂转动
更多的伤心事，一桩桩
一件件，像自恋的兄弟
搬上台面，提供喧闹
多少时候
石头的哑语，高尚
石头的疯话，典雅
多少时候，靠近垭口的石头
会胡言乱语

老屋上的屋

老屋上
那些
坐着的、躺着的、舒服的
懒散的、悠闲的、鬼斧的
石头
多少年了
在我们日子的头顶
盘旋，被风吹响，又沉默
像一座古典的城堡

父亲的劳动

锄头、镰刀
交替着
田埂边
父亲
静静地抽了一袋旱烟
这个充满旱烟味的午后
父亲需要一大把时间
坐在他的田埂上
费些力气，呆呆地望着
土墙里的炊烟
田野里隆起的苦荞，大豆
粗壮的长势

丫口里的风

装进口袋里
口弦一遍遍吹着风的铃
装进左耳朵
左半边的世界一片黄土
土坯房里的招魂
谁赶着往回走的羊

聆听

《滇池》2016年第2期

落山的太阳
在窃窃私语的余晖里
撒腿就跑
就让它骗过守山人
就让它绕过来世谷今生山
就让它赶上挑水的女人
就让它成转山的菩萨
石丫口上的风开始撕扯着
那群矮矮的松树
跟着奔跑

山谷上走出的羊

四点一刻
沉醉了一下，顿迟了一下
过了许久
牧羊的二叔
左右手，各拎着一只
小羊羔
后面跟着一大群
被余晖追赶的大羊
从深谷走出来
他们出来之后
一切又都被那山风
锁住了去处
再也没有一只落伍的羊
慢腾腾跟上
再也没有能追上的江水
气喘吁吁地爬上来

全是雷同的声响

全是雷同的声响
先打喷嚏，拨打长长的号码
先做个译者，摘抄那些几家欢乐
几家愁的真经
先做个虔诚者，来回翻越经文一样
重走山冈

先看看无数守山者
或是立功，或是立德的模样
总之不一样的东西
都在被一张静静的羊皮
挂在那个土城墙上
做着各种鬼脸
或糊弄，或真挚

风之落处

《民族文学》2016年第1期

风挂在那棵独臂树上
飕飕的
像倔强的山神
端坐高处
这还远远不够
还要深深地下场雪，
吓坏举棋不定的候鸟
钻入二哥的竹席内，
啪一声
许多误闯者
乖乖趴着
许多沉沉落去的叶子
也被放倒在地

连同那些
落枕的瞌睡
连同那串不忍覆盖的脚印
才算足够

活着

活着的都在缩着水
母亲如此
儿子如此
站在山冈看到母亲种下的苦荞
想到了另一种活法
在生活的高处
看着自己的他们的劳动
压缩成一两块自留地
一两口枯井
那普通如此可靠
像母亲胸口捂热的洋芋
撬开那不慎跌落的雪

回到自己的虚构

那是微弱的灯火点燃的样子
那是从土屋走到燕麦田的一段路
在一片麦田里
我作为父母 的一个劳动力
侥幸地活在人间
这是多么幸福的指引

石丫口（二）

向往季节的鲜艳
十里百里的变化
石丫口上的生活得以延续下来
这是一个多么好的瞬间
我们开始消磨
多舛的一生
消磨雪天，路过的雪
一茬茬
消磨深秋，丰收的人
都在劳动线上
消磨石丫口，那废旧的老屋
在慢慢变形
在慢慢模糊

最后消磨，我们内心
空空的十指
石丫口的荒废
像另一个心中的佛

提及

《草堂》创刊号

为了生活的美好状态
那个咬紧牙关的年纪
跟田埂一样勤劳
一片片麦浪
在忙里忙外的亲人手中
绵延起伏
我们在那深秋的小山村的喊声
像一种自白，那么庄重
像一种发动机发出的力

牦牛坪

天空是海拔三千米上的天空
那年奶奶
说出了在海拔三千米的故事
现在的牦牛坪寒冷
哆嗦的人
在土地里淘着土豆
一遍遍地用手
搜索耕地面积
在手与土地之间
磨损出跟石丫口一样的
耐寒地带
在不远处
一群年初的羊
慢慢翻过山去
像阳光洒满山冈

孤独的树

一棵松树的孤独
在一次次凋落中开始
面对收荞麦的人们
面对一只乌鸦的安营扎寨
在硕大的大地上
狠狠地哑口无言
原来是那么的笨重
面对无数火葬场的碎石头
洁白如初
面对越来越空荡的故乡
我很想靠着这棵松树
远远地看着
这个小山村的搬空

石冈上的石头

石冈上的石头
铁了心
鼓起硬邦邦的风声
弄疼一部分山下人家的水酒
山冈上那些捂在头巾里的圆脸
向投掷空中的鸟
飞过去
在垭口
我们的身体仿佛也跟石头一样
鼓起来

深冬再次靠近

《中国诗歌》第3期

深冬再次
在那棵老松树旁打盹
风刮坏人们习以为常的劳作
山下
粮食已经扛走
光秃秃的大地
晶莹剔透的阳光
跟放牧爷爷一样
闲散
屋前那口井
接纳了这个季节
最迟钝的东西

退回

我那笨拙的语言
被退回喉咙
父母的手心肯定也有这样
复杂的哽咽
石头开到哪里
父亲的绵羊就在哪里停歇
其实父亲已经跑不动了
山冈前
母亲在等着
她的儿子退回石丫口
退回那个小小的火塘边

风一次次吹

风一次次吹来
人的一生就起起落落的
像一只孤飞的大雁
风一次又一次地吹
很多东西太过轻
像一把黄土
被父亲抛下
被母亲永远地播种
被我轻轻　地踏上

张开嘴巴

张开嘴
词语紧巴巴地等着
被风这样一吹
这个村庄
经过了多少次无法自拔的吹动
达到了它的某种古老
他们说这只可意会不可言传
父母带上镰刀在山上
在一大片展开的口袋里
走进苦荞地
这应该也是硬邦邦的
表达不出来的组装

一点点

我们的远处
以一座一座的城市为题
一堵土墙
仅仅作为一刻的晚霞
一点点在黄土地上暗淡
一点一点在你想抵达的地方
留下
尽管它是如此的笨拙
尽管还在使劲地古老

当风一吹

当风一吹
整个春天都在风里
摇晃着
当风一吹
整棵榕树
都在窗台上
被一点点想起
当风一次次地吹
我也感觉到了有一次
像那棵榕树
被轻轻晃动了一下
当风一吹
整个春天都在风里
摇晃着

当风一吹
整棵榕树
都在窗台上
被一点点想起
当风一次次地吹
我也感觉到了有一次
像那棵榕树
被轻轻晃动了一下

已

其实像石头，鸟被惊吓
其实石丫口
像一句安静的句子
只有在那个春天才被我听见
其实风要是再高点
我的孤独就不是棘手的故障
它们像巫师
预知了语言的那些拿捏手法
它们在我身上打了一个个
安放炸药的洞眼

时间在往上看

我走进了县城
我的诗句
开始出现了石丫口上的裂纹
开始我的父母隐隐约约地踏上
荒地
开始生活有了仔细地回放
开始我就用一些不听话的文字
尽量止住
这不慎跌落的慌张

被风轻易地吹起

被风一点一点吹着跑
我们很像那些柳絮
我们很像那些杂质
我们很轻地在丽江这个角落
被安放
我们很重地在石丫口那个拐角
找到我们的遗言
看着自己被雪一次次感动
想想那是一生的写实
想想一行行诗句
刚刚也被风这么轻易地吹起

抵达黑夜

鸣笛声长远
火车
很快在一场长距离的游行里辨认
小城市上
茶马古道上那杯煮茶
延长了某个的年份
我坐在窗台上
像一只敲响的羊皮鼓
敲打着内心的空洞
远处铁路工人
扭紧了最后一公里铁轨
在生活如此丰富的年代

那是废旧的照片

那是废旧的凹凸路
那是精干的故乡土
那是雪还在山上逗留的天数
那是我们的童年
在快步前行的停顿
那是想说身后的硕大风景
是光芒万丈的人
被风吹打成的骨架
像一张废旧的照片
停留在那个年代

他们的土墙上

他们的土墙上
坐着一只可爱的鸟
他们的童年里坐着一只可爱的斑鸠
他们坐在土墙上
风吹打着他们的土地
风吹打着他们的斜影
阳光刚刚好
在远处他们还像一些废旧的布鞋
被那么随意地摆着

虎跳峡

无法飞跃成虎跳峡的气质
奔流本来就是一种幸福
站上去，风竭力地爱抚它的可爱
大河顿挫，多少人滔滔不绝地
在此沉默，留影
甚至会大声说话
它像一个母亲，像一个女人
把我深深地拥入怀里

当一个人

当一个人
走在古城的石板路
这个午后的羊皮鼓
就会稍稍地安放
我喜欢这样安静的一个人
像一只羊皮鼓这样的摆弄自己
一条古老驿道的所有历史
在晨曦里被斑鸠叫破了嗓子
而我们像当年那马帮的白盐
无数铜铃
浩浩荡荡地跟着远行

当您缓慢地离开

您行动缓慢
跟着时间走不动
一棵一棵用力种下的土豆
缓慢地开过深夏
您走走停停
宁蒗城在您停歇的时候灯火通明
儿女们
就这么被您沉稳地种下了
或许那废旧的老屋
还有您费力的回忆
当您久久地站在那个阳台
看着那些崎岖的山路

我们知道您已经陷入暮年
祖先的牧场已在沉沉回想中清晰
或许多年以后
每年都有这么一天
我们会为此坐立不安

晚霞

晚霞太过铺张
很多人的心里
已经布满了墨迹
尽管静得出奇
但我还是会去想更为安静的山冈
他们向我的命里雕刻着
在我快要写不出的时候
狠狠地看着我
然后又狠狠凿着

阳光

那是阳光
她日历一般在大地的麦浪里
缓慢地撕着她的一生
那是劳动
她在一排排石板房前
点选土豆

多少座山顶
就这么锋利地看着
这座村庄不紧不慢的女人
她在半山腰
像一朵蘑菇钻出了那片矮松林

而那废旧的
耕地上
看起来那么
和蔼可亲

看着冬天就要变凉了

看着冬天的夜晚
降低了温度
算一算霜降之时
人们开始结实地穿起来
在宁蒗那个小县城
哑口无言的是
那两个身着单衣的流浪男孩
他们在街道不停地流浪着他们的经历
在一阵雪白的霜降后

石　头（一）

石头在那小小县城的机器里
改写着那些小小的愿望
一排排石凳
我们也想
坐一坐
听听它们灵魂的吵闹
听听他们的难言之隐
那个被压抑许久的形状里
潜藏着那些纯洁语言

石头（二）

多少烈日都在它身上叠加
多少石匠都在它身上施法
多少凿子已经锋利地看着它
多少天以后请允许我
靠它挡住一天，两天，三天的烦恼
在那还未开光的佛头
使劲探头探脑之时
请替我离开

凿石

凿石的几个人
肯定有几个已经知天命
肯定有几个捂着手指喊痛
他们在这大峡谷中
忙着把声音凿得精练
忙着在生命中刻出皱纹
忙着装满拖拉机
忙着填满炸药
忙着逃出点火现场
在那个峡谷里
很多人都以此为业

比石头更硬的命

比石头更硬的是命
有多少机缘巧合
就有多少石头一样
凿不穿的墓志铭
在我的老家
石头还在古老的土地上
沉默
在柴米油盐酱醋茶中
日复一日地任风侵蚀

一种习性的安然

静下去
多少雪在寥寥无几的村子落下
这是深夜，为数不多的
安身立命已经古老
这是深夜
雪还在老屋外
像一张老巫婆的嘴
吐着这个季节的宿命
这是在某个嘈杂的大早上
这雪将跟石头一样
收紧领地

父亲

铲子、水泥
搅拌机
在工地上沸腾
他在他的左撇子上
练习
右手的事情
他在抬不起一抖混凝土的年纪
使劲
他在他驼背中偿还他的亏欠
他在他两个儿子身上
用力花费

对沉默的抗衡

磨牙、打鼾
他在做他认真面对的事
他在夜里
像砸开石头
砸着身体的部件
更像一场预谋的审判
正在体内恶化
这是一场庄严的仪式
在生死的边界
他拿着自己的命运
来回摆渡
像一场接一场的戏剧

多一些时间的牵绊

其实被多一点事
牵绊了也好
闭目养神的人可以继续忧郁地活着
不露声色的人肯定笑开了
其实
可以被一点事
左右了也好
至少我们领受过了
这命运的摆动
至少我们可以像一个不动声色的佛
高傲下来

听　见

我们在另一个地区
听完它的早晨
在陌生的距离中
我们发现了沉默
在沉沉落下夕阳的山冈
我们找到了那些被发明的劳作
那刻我们知道了多少人
在支撑着这样的夕阳西下

石头（三）

他的舌头里
有石头的笨重和硬朗
他的口语正在简化成一两罐浓茶
他用凿子看见石头的疼
他用僵硬的声音抵达黑夜
那些偶感不适的人
那些被一筐石头累趴下的人
用此生力量凿着墓志铭的人
都像他沉默时叼着的旱烟
呆呆的

远嫁

那一张模糊的脸
丢下了几颗泪
苦荞地上的女人
在一棵棵矮松林之后
她在她的山冈一步三回头
而在这半路
像失踪了十年一样久远

记忆

他的记忆
在慌忙成年前
昏天黑地的劳作
他拼命成形的身体
已经记不住太多东西
几眼翻了几年的野生菌老巢
被他认作家门
每年都有那么几天在这里徘徊着
在这三千米上的山寨
日子刚好以他为中心

雪线上的农民

雪线以下村庄抖抖残雪
瑞雪兆丰年
多少雪的字迹
被一遍一遍地洗礼
延迟那些年轻人的怦然心动
雪线以下
我的母亲勤劳地收拾
雪的结局
收拾起，被雪打翻的猪草
收拾起，被雪弄疼的耕牛
收拾起，她日复一日的劳作
那雪，在雪线上
呆呆地看着母亲的涂鸦

铁　证

动辄数月的劳动量
在手掌里握住父母的劳作
板硬的伤口
多么像爆炸的声音
在石丫口
族人到这里开垦了丰沃的我们这一代
他们惯于在熟能生巧的生计中
打捞生活
站在铁证中的我们只剩一代又一代的母语
在那条单薄的路上

如此

如山
倒得踏实安逸
高亢之余
苦荞花细腻地流于它的指缝
它的村庄歪着脖子
在垭口
揭发风的最后一次捶打
它的雪域
在它的背上被看成
雪景 雪线
和一群不动声色的绵羊

那个山村

喝口甘泉
释迦不在
喇嘛不在
只有静静的树叶
被吹打
权利不在
义务不在
官兵不在
只有慢慢流淌而过的
野溪逃进峡谷
顿悟不在
教化不在

只有赶羊牧归的山人
对你会心一笑
灯火不在
叫卖不在
一切仇恨都被羞愧的
当作笑话
一切都在这小山村被消化

等到

坏天气敲打着窗子
我才想起
母亲还在硬邦邦的土地上
甚至忘了喝一口水
等到我们记起全部
心酸的过程
母亲的额头已经有了皱纹
等我们都学会了老
母亲像一张缩水的照片
越来越模糊

雪

多想像雪一样
待在石丫口
多想像雪一样拥有
庞大的石头，今年新割荞秆
当我靠在土墙边
像一部小说的主角
忧伤地看着远方
远方苦荞地边空无一只可以赞叹的鸟
空无一个可以爬上去的土墙

需要

其实天气多好
阳光里我们看到自己闪闪发光
我们在一个向阳的坡上
等着花开
视线在三里之外的土屋里
炊烟说明
我们已经簇拥了这个世界
吹着口哨
躺在一个个鼓如布袋的山冈里

村口

就像我
活在喧闹的城市是费事的
我需要在鹿城南路
等候转车

就像我
惯用城市的咽喉
堵住一块一块的心病

村子
整个立冬后已经落满了雪
而我总是小心地
讲起它的历史
会有不时飞累的候鸟
　在上面栖息

把夜长谈

粗糙的语言
不像麻绳
可以拴住狗的喉咙
微弱的油灯
不像黑色的夜
可以填补所有的结果
夜扯下一段黑布
遮掩那些孤独的影子
被送回墓地
多少灵魂荡起孤独之感
多少夜
拉长了一路的足迹

像一串串感叹号
走远

习惯

习惯了
在四周峰口的地方
安身立命
习惯了在凹下来的坝子
修身养性
习惯了说话带出一句方言的活着
习惯了只有五六个老人
撑着一个行政村的编制
习惯了
在巴掌大的地方
费力地活着

生态

他们在石丫口
安静地完成了安身立命
他们在土屋里
看着母亲的忙碌从头到尾
他们在一袋旱烟里感受荒山
慢慢地不出来走走
也不进去坐坐
像老人
整天就那么待着

邮递

夜越深
就会有越简单的公里在路上
我们背着行李
走在路上
用脚力丈量自己的漫无目的
我们的宿命靠在我们身后
多想像家一样找到它
在一条没有邮政的路上
把自己邮寄出去
在漫无目的的前方
被签收

亲人

我的神情里
有她脸谱的轮廓
我能够分辨出
她的弱小
我能感觉到
正在酝酿的一场费力的劳作
而她那么笨重的老着
用九头牛拉不回的劲
狠狠地老着

三月的母亲

三月的母亲
在农田耕耘
我的梦里
走过她的庄稼
走过她磕磕绊绊的田埂
走过跟晚霞一样漂亮的土路
心就透亮了
那么透彻的像大地
像母亲手里
紧紧攥着的矮松林

她们的年纪

毫无保留地疼爱着
在她们这个年纪
除了爱
还能有什么
让她们这样毅力地活下来
春天
她们被漫无边际的劳作牵绊
她们哪有时间
像他们的儿子在某个教室
偷偷窥视这一夜的雨呢

转　动

风机开动
声音抵达这个安静了几辈子的村子
石丫口的叔叔
不能再在一截烟头上
判断是非了
雪还在雪线上徘徊
还在冷与热中哆嗦
想想他们
整个石丫口的亲人
看着这四五根风电机组转动
看着他们一生也拉不起的力
疯狂转动

雨天

当遇到雨
我以为整天的天气
都是坏的
汽车像疯子一样
刮了我一身泥土
我以为整天的汽车
都是坏的
再看看
自己手无寸铁的
站在街道
我以为整条街道是整天里

最坏的
然而所有的坏东西
都在循规蹈矩里活得好好的

父亲

我把他比作一封拆不开的信
信里肯定有费力的文字
颤抖的笔痕
坎坷不平的一生
多少人都说他老了
像一截废旧的火车头
皱巴巴的被荒草覆盖
只露锈迹斑斑的硬身板
我像当年走了一生也没有走过的长路
脚起步
就起了水泡

一个午后

一个午后
足够她蹲在县城的一角
她的声音
在这个人来人往的闹市区
被压制着
她本想问问去医院的路
她本想找点眼药
治愈她长年累月的眼疾
她本想更清楚地看到这个城市
她刚要再放大音量
一辆大货车飞驰而过
用灰土
堵住了她的嘴
堵住了她一生的困惑

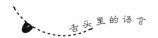

眼睛

在早晨
无意地弄疼
自己的双眼
就像无意地被你想起
在某个午后费力地解读
图书馆在我们身后
成为验证深浅的大后方
很多人
在较劲与反驳中
读了很多与自己相矛盾的书
在眼睛快要瞎的时候
看清了自己

为了

为了看清
我学会了书写
为了证明我的书写
很有意思
一部部著作
弄瞎了我的双眼
为了治愈我的眼疾
我跟着妈妈
来到田间收割深秋
最后一点诗意

你们

想到你们
生活会热闹起来
会有不停的打闹声
反驳渐渐疏远的记忆
课桌上彼此的温度
跟课桌一样古老
再次回想
那年我们集体写出了一首
不愿提笔的诗

提及

为了生活过得好样
那个咬紧牙关的年纪
跟田埂一样勤劳
一片片麦浪
在忙里忙外的亲人手中
绵延起伏
我们在那深秋的小山村的喊声
像一种自白，那么庄重

我们在午后温习着亲情

我们在午饭里
温习着亲情
这东西太过笨重
以至父亲多喝两口苦荞酒
一直都是这样
亲人那么短小的一群
在这个小小山区
忙里忙外
只有这么几次
他们才围坐在午后温茶中
习得他们的生活

喜欢在田埂上

喜欢在田埂旁
呆若木鸡
乃至于走不出这三四里
生活的零件
在随意中
找到了属于它的地方
铁犁
安静的摊在苦荞地上
像压住风的石头
压着这一季的忙碌

掰算

在手指里掰算
亲人一个又一个
从我的手指间
以数学的手法
被简化
先是奶奶接着爷爷
我只接住了他们起伏的劳作和山冈
在这样阳光明媚的日子里
我想起
他们围坐炭火
想起他们在此刻
忙于农耕

一生

我们在自己的圆脸上
成长
我们在月亮透亮的割断里
看着我们的一生如此孤独
生活需要一点跳动
需要在不安静的地方
大声
春天在无限延伸的想象里
请带着我那圆圆的一生
在远去的荒芜中
生长

失去

失去着什么
我们揪着这样的季节不放
让热量
慢慢覆盖上积雪
我们隐隐地躁动
多么脆弱地看着
这些天
不停地下雪
不停地被融化

农业

我们在快要掀起九月的土地上
飞驰地完成着收割的动作
力道适中
一茬茬苦荞
倒在我们身后
安静地摊在田埂上
温柔而体贴
九月
他们可以不再疯长
可以在这小小的山区
被扛进日子里
成为慢慢熬制的生活

争辩

就趁夜
争辩这些不刻意的东西
剪短的雪线，多出的空白
它们在许多人的把柄里
在遗落的口舌之间留存下来
在不停翻过山冈后
它们将变得不再安静
不再静静地摊在
石丫口的方寸之间

夜

夜的安静
准时，从不迟到
磨面的力度
在我所处的位置
也如此
我能够感觉到自己抽象地
活着
像一千张纸所虚构的厚度
不被人打扰
不被具体的事物
活活吵醒

戒

面对指缝般大小的一生
父亲在生活中经营着他的部分
另一部分
在灵与肉中博弈
按住我们的一生
雪天在我们的食指
被点亮
我们再慢慢放开我们的一生
在时间的褶皱里
另一些雪被我们剪掉

在远方

远方
那片刚翻耕的苦荞地
在五厘米厚的玻璃窗外生长
夕阳需要一点浪漫的力道
碰一碰那个高原的山村
整个声音在远处的山冈打滑
而在更远的地方
生活正在不紧不慢地
发生在杂乱无章得屋子里
被母亲收拾着

冬天的鸟

那么多鸟
正在集体飞过深冬
在世间的路
弯了又弯的大雪天
找到了电线
找到了半旋的线路
在这摇摇欲坠的半空
在这漫无目的的雪线上
在这孤独的小山区里
它们齐整地发音
让我想到了一粒谷子
在雪底的发酵

活在雪上的脚印

二叔在大雾天里
寻找着那些走失的岩羊
那些被盐宠坏的岩羊
在牧场的尽头
消失成一点风声
二叔怀揣盐巴
在四处寻觅

那些雪

雪更快地在零度以下
花费，在更贫困的山冈上
发福
我敢打赌
在更早的历史里
雪在整个冬天疯长
直到越过族人的火葬场
才慢慢融化

雪

开始下雪
很多人的目的地
都积满了雪
前方一定有
鹅毛大的雪花在龇牙咧嘴
那些等着我们轻轻踩上的时间
多么的闪烁
而在爷爷吆喝山羊的瞬间
很多东西就像雪
瘫在颠簸的路上
出奇地安静

土地

深秋之中
石丫口的耕地停止了忙碌
老汉追赶的绵羊
越过荒凉的耕地
越过长长的岩石
从山前消失
漫不经心的早晨，老汉
抱着一只今早新生的羊羔
走出了漫不经心的村庄

抵达

抵达，严寒
妈妈的汗珠
左顾右盼
石丫口那个小小山庄
在小小的地图上荒凉
在久经旧时代的石堆里
整个花开花落的一年
在母亲的脚步中
流淌

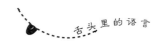

一眼望不到头

还在找什么
生活中费解的偏僻
在石丫口还很遥远
大地上的某一天
凹凸有致的路口
做到颠簸
做到
像吃草的岩羊
暂时的停顿
是痴心的
是山冈挤出的一剂良药

阳光普照下来
很多燕麦
被晒在大地上

水草

夜深处
仅仅需要一根水草
挑起水的彻夜不眠
离开拉都河电站的清洗
水草是喊疼了的冰冷
高亢之余
骨子里还有苦难的硬伤
忙着死里偷生
在水草的根部
不少力量
已经形成
上游温顺的排比

奶奶的远方

多少亲人
踏上了奔丧的路程
成书的族谱，成史的迁移
都在呆呆地望着
多少人还在赶来
在越来越熟透的深秋
那是一行行，一行一行
行单影薄的足迹
在那月光投影中无人指认
那是饮尽月光的宁蒗河流淌而过
那是哽咽的雪让人想起的眼泪
奶奶曾经触手可及的村子都在
一声声慢慢地减退

等时间把她放下

等时间把她放下
那个卖土豆的妇女
也会把她的土豆
放下
它可能带上一粒沉土
它可能已经出蕊
它可能在今夜作为遗言
就让它
在某条路口散满下来
在某个荒废的地方茁壮成长

和解

其实和解
只需要一口酒的烈性
和一个巫师的能言巧语
其实和解
不用写在合同上
在每天重复的抚摸中
苦荞
领受了女人们的约定俗成
其实和解
是母亲给儿子
最管用的本领
其实我很希望这一串排比
能够互相和解

恨

事实上
恨的多久
都感觉徒劳
我们宿舍的人
经过三年
已经恨不起来了

安静

安静地等着车子远走
远远落后的人
想到了离别的哭声
整个街道都安静
在习惯多一点响动的年纪
谁都想成为这声音的制造者

雨下了

雨下了
很快它就要杂乱无章
毫无保留地在慌乱中慌乱
这座城市的地板上
很快，我们会在阳台
看它冲洗的街道
很快，这一切都会变成
卖烧烤摊的人
喝酒的人
被一一淋湿的城市

活着

我曾经在小学时
见一个疯子
在病入膏肓时
疯狂地用粉笔
写英语单词
在墙里，在地板，在干土里。
在能够疯狂地写下英语单词的地方
写得满满的
那时谁知道他写什么
我们都围着他
用比他更天真的年纪
在他身后追赶着

马路

宁蒗城
在夜色里打滑
炊烟只剩一截烟头
百年的马路
曾经也拥有过历史的改变者
也接纳过卖洋芋的中年妇女
多少年了它没喊疼
没有在高楼之间改变自己的命运
像多年前的我们
在课操前
就这么沉沉地躲在教室
看着他们的动作飞起来

咸淡

在泪水与汗水中
我们学会了
水的口感咸淡
在举止之间
被弄疼了
很多时间
为了尝遍一生
我们会动动那一点点
生活的诗意

晚风

我们收掉最后一捆燕麦
晚风已经吹不动了
在身旁打转
灰尘在我们的衣服里
弄坏了我白皙的青春
母亲
一辈子，不愿意我们
这样灰土灰脸地活着

事件

他的眼泪是真诚的
乃至于
隔岸观火的人
都在累积好奇
世间的事件
多简单
两群人加无关紧要的琐事
在田埂
在保持镇静的地方
大打出手
在法治未到达的地方
这最管用
一个个现场

在那个人来人往的地方
生活在这里最管用

诗意地活着

需要堆高你的信仰
在陷下去的一生
还未平复的时刻
在那拐了又拐的土路
还未失去诗意之间
我们必须认真地活着
像一张纸
在笔尖游离
我们渴望自己在嗑药的瞬间好起来
不再失眠在人间的田埂中

听　见

提高音量
用大学的教室
囚禁我这命运的多舛
让耳麦握紧
我那深受重伤的双耳
我看到
我那眼巴巴的双眸
堵住窗户的指责
我看见
在那一片金黄的麦田
山冈起起伏伏
我看到

我自己疙瘩大的脸庞
在那麦田里
收割着成熟的自己

平缓

宁蒗城
在午夜平缓的脚步中
年轻的他们迟缓而晃荡地走过街道
不停地出现生锈的月光
开始碰触他们的童年
在深夜十二点钢铁的街区
想起了我们的童年
在静静的一个跟一个
在风筝一样飞起来的飞马雕塑旁
我们看着彼此的成长
而沉默

声响

声音停不下来
在深夜
不远处，在人家结婚的现场
我听到了
一双双手拉起时的蜜语
在这漆黑的夜里
围成一圈的轻易
需要这样的时令
需要有不停失眠的人
跟着狂欢
在屋外水龙头煽情地表达
等着我狠狠醒来
让我再次关注

在这难解的公式里
我们都在因果中
等着被解救

简单

简单到
只因一场雪
山冈就振振有词
简单到
只需要留下这一摊的雪
刺痛我们的远行
简单到孤身一人
在雪的滩涂里
压弯悠长的岁月
简单到只剩父母的咳嗽
撬动今年这场雪

或者

或者说是暖风
吹散土墙上的落鸟
或者说寒流
正在沙哑的小土路上
耿耿于怀
或者说雪景
一场场翻过
曾经历泣不成声的垭口
或者说那就是故乡
土堆里
埋着难舍难离的亲人

或者说
那只是在某条街道
我对某幅彩绘墙的呆若木鸡

破碎的语言

再次想到长大一词
这个破碎的词语
必然有它的专属面容
念经的年纪和
劳作的年纪一样
都是偏僻的
许多碎片的生活
忙于
手里放不下的活
忙于
逃出了晚霞
逃出了生活

逃出日子的口误
在沉痛的陷下去的山谷
生活相互的隔阂被推倒

牧羊的孩子

他不适合于谈论生活
他是个冻伤了的人
他不再去想校长的敲钟声
他在十四岁
成了自己的父母
在过轻的年纪
他用冻僵的心撬动人世的土豆
他用马车迎娶
素未谋面的女人
那个十八岁的姑娘
从此也跟他
在父母的火葬场旁
掏土豆

一个比一个笨重的洋芋
在火葬场旁
掏出

挥霍父母的遗言

他们的父母
死于非命
在一大堆赔偿金里
他们振振有词
炫耀富裕的以后
他们在人性的背阴处挥霍自如
在亚麻色的家园后面
他们购买了纯色的冰毒
他们开始在父母的弹丸之地
纯熟地消食父母

风

我们在英勇的年代
被风左摇右晃地吹着
山冈静悄悄地被风吹过了
活着真好
亲人在我们的左右
大地无数次的凸起
又陷下去
友谊在迟钝的时间
断断续续地淘气着
像一节火车的速度
时快时慢
活着真好

崖口的树

黑夜挺好
乌黑得可以怀疑一切
在慢慢地缩小下来
我想到老家
那棵崖口上的松树
想它悬而未决的一生
多么犹豫不决
我想起它匆匆而过的乌黑的夜
多么笨重
山冈越来越黑

深冬

石丫口的深冬
固执到冷
真不忍心捂住通红的耳朵
雪大得踏实
大得推心置腹
大得让陷下去的脚印，谅解
在更远处
在我搓手的瞬间
我的父亲正哆嗦着
出入屋子

雪，孩子的世界

雪飘得多么
动情
孩子们咯吱一声
多么动听
盖住
那一望无际的田野
需要很多的
动静
带着踩满雪花的脚印

那个不忍心疯的人

他不适合正常的活着
在村口
他想到了疯子
疯子是可以调戏妇女的
他想告诉她们，他有过漂亮的历史
他在爱恨情仇中
被丢失
他还想说
深夜挺好，可以藏下一个人的高傲
可以在早熟的苦荞地上
正常
在那里，生活没有途径
只有一望无际的山冈

风

风在石丫口
是高原中的那个样子
刻意，尖锐
一个冬季的深处
冰冷藏在
雪线以上
在
超出一大段心里话的
艰难跋涉后
风刮坏了雪线
凹凸不平
不管你如何扯破喉咙
也叫不出它的回音

倾斜

突然发现
小小的书桌里
书的一生
倾斜着
只是角度偏异
如果说里面的文字倾倒而出
苦水会不会比我的
更多
会不会生活里的一点善意
也跟着倾斜
比如新华词典里的褒义词
比如心灵巷战里

那一排排褶皱里的文字
比如
突然感觉我的整个人生微微倾斜时
整个身体的不适应

在洱海边上路过

火车在固执的铁轨上
较劲
驶过洱海
无数遍地默念
被迟疑
有无数的乘客，必是面对苍山的半空
寂寥
心生慈悲
必是在开往前方中
后退
此刻
必是面对超出玻璃窗的部分
目瞪口呆

取　暖

它只有一个想法
每年这个时候都长高一寸
它只有一尺藤条
被一个个男人攀爬
它裹住自己怅然的心
大多数时间都在奔跑
都在四处用力
直到枝繁叶茂
百年苍天

冬天对一场雪的想象

童年
雪常被揉成一团
时间的游戏
是用来躲避的
二十多个男人
在未发育健全的时期
在空空荡荡的路口
堆起心爱的女人
望着她们
雪落在我的额头上
久久未化

想　法

有多少事情
在雪天冷冷地
冻伤了许多人生
在无数遍体鳞伤后
我们一定会学着
别人的样子活过来了
太阳
出现得很慢
就算北半球
也是慢腾腾的
在一次次等待后
它徐徐上升

话题

风还是远的
吹到冷心处
啃啃嘴边，人的苦难深重
咸淡不齐
丫口上的故事
像一个背负耻辱的女人一样
在坏透的天气里
破败不堪
而那些冰冷
话题
在心底累积得不成样子

或者说

或者说
你是我说不出来的积累
我们被断断续续的阳光
割破了躯体和想法
那就躲在
一个落满雪的夜晚
像我们促膝而谈的样子
在篝火旺盛的屋子里
静静地等
你和雪
突然降临如何

犹如

微风再次吹过额头
或许弄疼了
硕大的记忆
犹如要等到一场雪
洗劫内心空空的结局
犹如夜深处
水草的草命
犹如命运的反叛
在荒无人烟的冬天
对四周动手
犹如再次说一口流利的母语
在寂静的山冈

堆

可以高过我的头颅
在一朵云的背阴处
打坐
蓝色的慈悲
菩萨心肠的心事
重重压在半空
十二月份
多少人还在土地上
在一望无际的稻田尽头
在铁石心肠的人的故乡
堆起石堆
就像一大群绵羊
翻过山冈

大雁飞出来时的羽毛

那天又有一只一只的大雁
飞过石丫口
是不是说一种苦命的难言之隐
又在发作
在大地的僵硬处
我们的父母裂开了皱纹
他们深藏在心底的牵挂
过于笨重
在另一个大地上
用轻盈的羽毛
我挑出手上那根又长又细的刺

漆黑一片

漆黑一片
什么都在黑
所有欲言又止的话
被什么阻挡了
母亲的话遇到了
硬邦邦的阻挡
其实我知道
母亲那冰冷的舌头里
还有很多这样的话

不打算说出话的石头

石头不打算说话
铁石心肠的人
捂不热
语言鼓鼓的石头
现在整个黑夜都不再想说话
他们成为彼此的领地
伸手看看不见五指的深谷
语言四面八方
声音也是
只有那些结巴的石头
跟我一样
等着
在同一次起义里风化

一张虚构的网

一张虚构的网
网住一打啤酒的抑郁
虚词里虚脱的想法
时隐时现
跟一大段成语词典
对话和淘气
在超过词典的地方
安心等待
对故居的偏废
生火
就像另一张网
虚构了我

超出爱的部分

超出爱的部分
在石头压坏的语言里
硬邦邦的
说不定鼓起勇气的山风
也要偏颇一段
人就算只剩一个念头
也要痴情地说出
盖世英雄的想法

晚风

在山冈进退维谷之间
峡谷再一次
宽恕了日落
一片深秋的苦荞地
被余晖交相辉映在
尘土飞扬的农业上
在飞起来的风里
我们扛起的麻袋
在凸凹的路上
鼓鼓囊囊地发音

意象

深秋的戛然而止
锁住所有可以打开的陈旧
十二月的日子
枯枝败叶上的鸟
飞起来
短短的一大群
在天空里唠唠叨叨
跟土地里的风声
一模一样

词语之后的人群

在多座大山过后
一下子
就多了一些停顿的脚步
发音
就像一两件伤心事
着了火
窜出一串不安的排列
在往更咬文嚼字处摆动
太阳光下
我们在彼此的苦命处
反复斟酌

希望那些注释的力道
干净利落
不留割裂的痕迹

深夜掩盖了很多

黑夜让很多事实不说真话
其中的某些感叹词
酸酸的
再看看
左手发动了错误的理论
把某些人挡在千里之外
看吧
他一身充满发霉的回忆
挡不住
信手拈来的排比
看吧
深夜以后
翻来覆去的失眠症
不断推断出
一些奇怪的想法

追 逐

那只不慎跌落江水的岩羊
躯体还带着草根
顺流而下
下游会有水草
围着它打转
江边飞下来的碎石
持续了一场事故的最后铁证
胆大的黑车司机
提起裤腿，踩下油门
像复仇的子弹
在这陡峭的地方
狠狠地窜出去
其实也有安静的

就是那只小岩羊
呆呆站在山冈
远望远去的江水
在下一个峡谷拐弯处停下

路口的话

凿出一条盘山的路
穿过厚厚的十八世纪
穿过旧日子里的战争
穿过
施工的工人谈论着的鬼门关
穿过
远处不时有巨石，尘埃滚落的
那一刹那
穿过凶恶的赶马渡口
在那悬而未决的巨石
滚下山来前
穿过
爆破的施工区

认定

我认定江水的声音
是发自肺腑的颤抖声
像大实话说出的好感觉
这个大山地区
高寒作业的地方很多
比如凿山的石场
比如造雪的冬季
比如我写下一段文字
手上就结了霜
尽管我写的是炙热的东西

江岸

推动这些巨大的江面
向前浩瀚的
一定在巧夺天工之间
打磨
金沙江边
晨曦之后
就是一排排木楼房的炊烟
就是一排排用木头雕刻的
江鱼价格表和杀死的鱼头汤

粮食

山还是那样的高寒
粮食已经稳稳地越过了收获之夜
整个一年
在忍受过饥寒的祖辈那里
是刻骨铭心的
丰收年
我的亲人们
装满一卡车土豆
到城里
在某个市场
扯开膀子叫卖开
他们的丰收

族人

在耕种的土地上
经过几次
迁移
我的族人长途跋涉
积累了厚厚一段家谱
时间像是说出了几个简单句子
如此轻易地就这么
夹杂着雪花和尘土
他们开始不再害怕饥寒
不断下迁
在丰收处安下心来
开始跟城里人
做起生意，谈好种子的价格

故乡

年轻气盛的他们
努力把土地
向岁月的折痕上开垦
丰收处
扎下根
后来我的叔叔们
翻山越岭到城里去了
那里成了我们的丰收处

父亲

父亲是属于僵硬的那部分
不像母亲
听起来柔情似水
我的父亲
早年
做过最伟大的村官
后来下岗
这是他这辈子浮肿的那部分
后来酗酒成性
再后来在夜里他会说个不停
一个人对着漆黑一片的大地
自言自语
好像有说不完的话
要从他嘴里说出

路口

对面的机器
开始转动了
我想我们的父亲
也要提着镰刀
带上母亲
在霜降区
收割最后的几朵
苦荞
偶尔尘埃滚滚
偶尔狗会撕心裂肺地叫起
偶尔他们也会停下
镰刀下那一组熟练的动作
抬头看看
远方空无一人的路口

赶不上

熟练地挑选土豆
这技巧太熟悉不过了
我们的农业
就是从熟能生巧开始
妈妈
穿过大片苦荞地后
在土豆地上
开始她的农忙
一大片耕地，突然一下
就翻了新
我还想把大个的挑出来
卖个好价钱
母亲的话
还在耳边

我就落后了她一大截
我就再也赶不上了
就像母亲她的老
我再也赶不上

石冈上

石冈上
那些坐着的，躺着的
东倒西歪的
不打边幅的
石头
多么像这几年的我
在深秋里
随着日子
一天天风化

深秋

深秋
看着看着所剩无几
金黄的苦荞
一茬一茬消失
红叶
在某个深谷里
被风吹了一次又一次
而我的母亲
突然那么一下
也被风这么一吹
整个骨瘦如柴的部分
在苦荞地里呆滞

夜

夜黑透了
好多人在酒精里慌乱
在内心空空的逆时针路口
爱了一遍一遍
除了路口
扫路的大妈
悠闲的一刻
不管从哪个角度看
都在荒废

雪山

雪山的深处
暗藏玄机的都安静下来
疏松的雪
开始和解
我身后
一步步走来的痕迹
安静下来
我的寨子
那嘴唇开始扇动寒风
一阵一阵的

四季

四季在小说里
长长短短
根本不像
鸟语花香，冰雪冻天
不过真的
我们时常感到它剧烈的变化
或是长途的，或是急促的
或是小心翼翼的
或是一顿饭之后的
有时候我都相信
它们超过了

我那个小山村
那本厚厚的小说上
堆满雪的字里行间

狗

一只一直朝红绿灯走去的狗
在斑马线上
左张右望
也跟人一样
在红灯绿灯游走
有时候不少人
跟着它后面
有时候你都会怀疑
它就是一个懂事了的大人
但是回到家
它们又会乖乖
依偎在主人的身边
直到你开心地抚摸它浅黑
偏黄的毛

梦语

醒来
才发现
满头大汗的痕迹
昨晚我一定是灵魂出窍了
我看见自己站在垭口
我发现那些城市的灯挺好看的
一大片一大片的
突然闪烁
又消失得无影无踪
后来我好像是走到了草甸里
身体时隐时现
精彩极了
一大群的马
加速了时间

加速了我对他们的追赶
直到早上醒来时
我的脸还是满头大汗的

神山上的风

风到了神山
就是神圣的，不假思索的
就像雪
人们期待它
把大地干干净净地覆盖住
在还未清醒的早晨
雪真的就把整个村子盖住了
满世界的雪
跟每个人内心安静的想法
一样合拍
当风一遍遍吹过山冈

不少人
出门
在山间留下
一串串通往神山的密码

我开始变得不安

我开始不安
开始我的犯傻
像一群无知的水草
在自己的池塘里挣扎
我开始害怕
落石就要被河床抬高了
就要高出我的额头了
我开始躁动
宝典里绵羊也会躁动
鼓动他们圆溜溜的彪悍躯体
我也跟他们一样
跟自己这尊躯体较劲

谁的胜利也挡不住
我对摆渡灵魂的乐趣
我开始跟着毕摩的咒语
四处奔波

干旱

好些天
土坯房上
石头哑了，口干舌燥的
风吹过来了
尘埃滚滚的
下山的父亲
抖一抖灰土
在沥青路旁
抖下一身的干旱

无隐

震撼人心的谷底
杉树俊俏地掏出一丝生机
无数二叔堆起的挡墙
拦不住那些不可靠的诡异
时不时发出两声撕裂的
声响
全村为了填平它
丢下了几辈子的废物和
废话
这么多年了
还是有很多东西
丢下去就不见踪影

深谷处

石丫口西处
一条状的裂缝
深深的不讲道理
很多老人都说
这里以前埋了白银烈马
埋过土司不讲义气的铁证
还有几只破裂的带血的猎枪
几年前二叔的牛不慎重重跌落
二叔说那一刹那间
他分明听到白银一锭锭
烈马一匹匹
的碰撞声

后来更多的牛跌落
后来更多的白银声
从那个隐秘处
跑出，找人聊聊
谷底
一切安逸的往事

深谷

盖住羞愧的脸
让它低下头
装模作样
深谷处，滴落灵异的深处
几只喧闹的鸟
钻探着更深的更隐藏的巢穴
有时候爱热闹的二叔
往里扔一筐碎玻璃
噼里啪啦
一阵禁区的缴纳
一阵一阵的

晨曦

在晨曦
雪有时候会一粒一粒的
一大段，打断人的深思熟虑
也会让一些沉默覆盖在另一些上
如母亲的豆子
如荒凉处的那些土豆
大地的晨曦
五光十色的
从远处开始
把劳动的人们覆盖

山下

为了
让这坏天气扑空
翻过石垭
把宁蒗，新营盘都放在山下
为了每一块土地上
都有一种生活的重力
我的母亲
忍了老寒腿
在栅栏里弯下腰
把土豆的心脏掏出来
为了躲过闹市区的城管
许多卖土豆的妇女
贼眉鼠眼
为了让这一切躲
不过我
我擦亮了眼

那天

那天
站在高处，俯视这个巴掌大的石丫口
空空荡荡，只有远处
只有更远的风
绕着，风电快速旋转
只有土坯房旁
弯下腰的母亲，掏出一个个土豆
擦掉松土，擦干净这些椭圆形的脸谱

一头就扎进去

用力翻滚的麦浪
风
是一把大镰刀
比我的迟钝更锋利
往更深处去
风变弱了
好像听不见了它的丰满
整理好裤腿
一头扎进去
像一只候鸟
直到收割时
才留跟我一样大的一段空白
跟我一样大的身体
跟我一样大的胆子

撬石

撬动一块巨大的石头
父亲跟二叔
动用歪理邪说
动用我母亲二婶手中瘦弱的锤
动用马车
浩浩荡荡
动用好几天的口粮
在不远处
至今还有不少石头
被敲碎
而无人问津
另一部分
已经做了另一片废旧的根基
无人收拾

一茬一茬的苦荞

割了一个秋季
苦荞地上
不少地方都已空空荡荡
十月所剩无几
割的锋利处
断断续续的苦荞
挨个弯了腰
架起了苦荞垛
偶尔有鸟
沙沙作响
偶尔有闯入的岩羊
勤奋地收拾残局
偶尔母亲会摘一粒尝尝
在晚风荡漾的时候

思想

翻过大山
深处的阳光已经褪色
只有渐渐收工的叫喊声
只有慢慢升起的炊烟
再靠近些
天就要黑了
六十瓦的灯
泛黄而失败
一大段咳嗽
一大段旱烟
一大段人生的起起落落

滇西北那个村

无数个滇西北的村
站在高寒地区
其中
有不少我认识
有不少擦肩而过
有不少素未谋面
有不少跟我那个老家一样高寒
直到翻过洱海
我还在想
大理之后的滇中
会不会像我的滇西
一样高寒

按住

按住记忆
按住那些鸟的嘴巴
按住风吹过来的大嗓门
按住雪的时令
按住一大群村庄的慢慢退化
按住时间
按住一步之内
一条河之后的水流
按住他们
不从我的身旁悄悄地流逝

六点半

六点半
穿过人群
穿过一个地方向另一个地方的铁轨
而那些金沙江的江鱼
那些很快过去的事物
那些满不在意，自己把自己忘记的人
在嘈杂的人群里
各自艰难地活着

为什么不停一停

为什么不停一停
机器太大
抱不动，得用大型起重机
在石丫口四周
开始打桩、埋线
就像过节前的准备
四处奔波的大卡车
拉着翅膀硬硬的风电机组
按住一些山的经脉
二叔他们的心脉
然后
我家那点断断续续的苦荞地
也跟着被按得不动

韦恩的天空

他的躯体是美好的事物
壮实，壁虎一样胆大
他与天空跟石头
一样重
大多数时候
在酋长山
在更多的石头上
他是攀岩的，是向上的
更多的时候
他会飞起来
像鸟一样
以最干净的手法
俯视大地

深秋的谷底

深秋的谷底
压在内心
沉沉的，像一堆碎石
只有喊到喉咙
大声点
像发炎的症状
弄疼一部分
九月才
不快不慢
刚好抵达我
那声喊

崎岖的宁蒗山路

崎岖的宁蒗山路
在费力地爬坡
守路人
跟在后面
在由北到南的河流边
凸出的山口
在风里来雨里去中
是何等锋利
守路人偶尔也会在路边
吃干粮
偶尔也会跟牧羊的老人
借火
牧羊声远去
他又跟翻下的石头
借路

吹一阵山风

吹一阵山风
金沙江平静多了
偶尔也会有船撒网
但惊不起大浪
偶尔也会有超速的车和绯闻
就像一阵山风
过程简短
改变不了
安静下来的江面

古城上的石板路

在丽江古城
相遇的边长
是一条静静流淌的小溪
无数的人
填满，原本安静的古道
原本滑溜的石板路
偶尔也会突兀
偶尔也会让那些脸部僵硬的人
学着手鼓的敲打
一路学着手鼓的节奏

声音

手鼓
那是祖传三代的宗教
庄严
如一片蓝色的大海
山冈深深的暗下去
经文旨意鲜明
今晚会有诵经咏意的鼓
像那群公路上的甲壳虫
今晚会跑出山路

风

等风吹来
我将放上
废瓶子
让风住进扁椭圆的世界
我听他们的口哨
听他们进门的腔调
听他们的鲁莽相撞
我也会写一堆寻人启事
把他们装进去
让心一个一个寻找
他们的故土

诗的部分

把一生拆分成几个部分
故乡的那部分
在石丫口吹着风
悠闲自得
父母的部分
做个孝顺的儿子
买上往返票
诗歌的部分
没有月底的罪恶
没有五月的激动人心
雄心壮志
就想平静地在某个夜晚
写出自己的完整部分
再也不用拆分

十二月之后

围起来的墙
光秃秃的苦荞地上
只留几粒
莫名的残子 枯着
为数不多的话题
像更多难以觅食的鸟
毫无生机，偶尔的欢笑
也仅仅是偶然
雪就要静悄悄地下了
鸟开始过冬

二叔开始过冬
连同他的牧场
这时候
石丫口，那个小村庄
静静地

灰尘

那些喧闹的街道
到了午夜
就成了无业的，无组织的
无序言的，这时候
好些环卫工，推着扫帚
从远处开始扫
如果那些
喧闹的声音还在
如果嘈杂的交谈还在
她们会不会
扫成灰溜溜的一大股
灰尘呢

戒不掉的悔

我敢保证
那次麻痹大意的父亲
肯定丢失了自己的荆州
在宁蒗做起了小买卖
把家丢在，干河子那个凹凸处
像一颗土豆，随意的一下
就生了根，发了芽
我们两兄弟上了学
我敢保证，父亲后悔了
早知如此，又何必翻山越岭地来到世上
从此
父亲再也不肯戒酒了

拐弯的风

我相信风是会拐弯的
父亲背着小小的我
一个土豆一样的样子
从矮松林里走出来时
我发现风是拐弯地
从父亲的耳朵里
拐进二叔家门口
然后静静的，然后瘦瘦高高的
我相信，他们还会在另一个地方
拐弯，也会变得瘦瘦高高的

山冈

这些山冈，这些村庄
矮矮的，坐落在石丫口两旁
瘦瘦的野草莓，一大片
像故意，像无辜
像一些落伍的羊
懒懒散散
从凹进去的谷底
翻出山冈，多少时候
猎狗会陪着母亲，在进村的地方
等候，落伍的我们

写一些东西

写一些东西
至少他们不是荒废口舌的
至少他们有必要
成为我的简述
就像诗歌，一定需要一些人
来成行一样
写一些东西
至少他是故乡宁蒗的组成部分
慌乱的马路，石磨的苦荞
至少他们能把我弄疼
弄得我直抒胸臆
写一些东西

至少是看破红尘的，翻来覆去的
至少是在一场雪之后的
一条拐弯的路
一些羊的牧场

写一组诗

写一写我那些不懂汉字的父母
让他们
安静的，落在白纸上
像他们蝌蚪大的身躯
放在石丫口，灰土上
有时候我也会拿出来读读
看他们的皱纹有增无减
看他们灰土滚滚的深秋
有时候我也会合上
害怕时光飞逝
刮风，吹落墨迹
有时候我也会给他们分别打电话
嘘寒问暖，告诉他们我的生活

爬上童年的回忆

爬上山冈
总感觉是那个趴在土坯房上
弱小的身影
站在山冈
总感觉
就是那些一吹就落的松针
真想让风吹着到处跑
站在山冈
人跟鸟一样
钻入丛林，像投掷的石头
下落不明

深秋

深秋，一口下去
大大的圆萝卜，就是秋意
就是土地对劳动的回赠
谷底，细碎的矮松
被无数落叶敲响
再回音，就像
二叔凿开的石
裂开了，就是一大段喧闹
就是一大段悬念
就是一大段深秋的固执

月份

山区的鸟，深深地落进山谷
像谷底抛出的碎石
声音滑亮
遇到一对埋头苦干的布谷鸟
春天就要来了，迁移的后面
跟着一大段向阳的时光
跟着一大段翻犁的土地
跟着一大段深深种上种子的力气
就这样，月份
不急不慢，翻过脸庞
翻过，厚厚的内脏
抵达，我的村口

远处

远处，深谷的草孰轻孰重
山冈上赶来的岩羊，众说纷纭
只有深深地啃下去
露出山的生机
露出山谷的诡秘
这样的较量才一目了然

远处，你追我赶的山冈上
余晖，揪住一头野猪的尾巴
在废旧的围猎场，那些矮松林
相互热爱，相互挤眉弄眼
就这样，成群列队
就这样，相互作用

远处，催人泪下的石丫口
高高的，像帆布一样
充满航次，充满水域
充满未知的数字
纵是只有干煸的豆角
只有肥硕的土坯房
纵是只有围起来的大山
出不去的深谷

巨笔

像一座山一样的站立
一卷又一卷的经文
往返人间与天堂
遗传
一个毕摩的神言

在宁蒗城摇起一只手鼓
摇起一阵足以看破红尘的风声
神的口吻
赤格阿鲁街上的哑巴，个个目瞪口呆
这条街
此刻变成一尊尊佛祖

午后

午后
发烫的石头上
影子摇摆不定
谷底
水草没有好坏的标准
一切生活的诗意
都在老人嘴里捏着
那些吃饱的绵羊
让它们动起来
像石丫口的风
那些挨饿的绵羊
让它们动起来
像土穴的蜜蜂

村庄、牧场、庄稼地
在烈风里动了一下

树

多少年后
百年苍天的树，在半山腰
成立
年轻人的额头
贴着它的肚皮
像一对父子
无话不谈
那个下午
这座山只有被放下的斧头
只有那些一遍一遍的风声

一整天的坏天气

一整天的坏天气
就像不改坏脾气的兄弟
郁闷、烈性、发烫
有不少正方向的东西
也是那样的充满力量
足以扣动好天气的扳机

一座阵地一样的好地方
从内往外
挖好封锁沟
剔除石头一类，剧烈的东西
剔除
那些沟沟，那些坎坎

那些哺乳期的天真
那些或者端庄，或者高雅，或者不省人事
不做坏人的想法
就得要用一双双眼睛擦亮
涂鸦

苦荞

苦荞，在土地上，瘦成秸秆
再瘦
那些甘甜的日子
那些酸菜汤的日子
细细的，无从着落

再瘦，四季的大小是
淘气捉迷藏
无理取闹的现场
童年，背着母亲，集体捣蛋

再瘦，我父亲的锄头
我母亲的力道
日子的熟能生巧
在老土坯房
生起炊烟

许多后山上的树

许多后山上的树
鲁莽而无组织
靠着父亲的呵护
涨到了家门口
父亲不让砍烂这群
野生的品种
几年后
我那个矮矮的家园
我那乐呵呵的父亲
被它照耀着

老屋

题记——用微薄的文字之力，记忆那些沉沉的旧着的土墙，记录那些消逝的土屋符号

越过沉沉的土城墙
黄土如历史
断壁残垣还在风里
只是少了几声脚步
只是越来越像电视里
战后
被遗忘的字迹

被风刮出声响的报纸
反复推算
那几代人
那几代我的亲人
都靠它活了下来

雪

翻过了厚重的雪天
孩子
你追我赶的，放大或缩小着
无数雪
在这小地方
结巴了，顿挫了，停住了
之后
一串串出自虔诚
出自语言的误入
出自人间的盾守的脚印
吃力的远去

守山人（一）

那些困兽之斗的狩猎
那些冰冷子弹上的宗教
天寒地冻之处
守山人的猎狗
上了绳索
翻开旧旧的皮囊
一头十七世纪哺乳的豹子
坚硬的坚守
犹如阵地
犹如守山人误入的禁区

守山人（二）

失灵的喉咙
痛、发炎、滞后
现代的山冈
已经被风电套牢
无数守山人
放下咒语
放下祭山
专心守护冰冷的机电设备
冰冷的雪
被篝火照亮
好像面庞，好像浮生
好像匆匆而来的女人
如有时间的荒废

我会在山冈
做一回自己的守山人

算 命

多少往事陪着
不堪回首的父亲
陪着
一串数不出的数字
算命的人告诉他
四十五岁后
顺风顺水
父亲偏听偏信
母亲逆来顺受惯了
满心欢喜
只有我　呆呆看着
巫师的左眼
是谁泄露了谁的天机呢

神山上的神

神山上有一种烫的东西
这是自小的训诫
神山上有大大的野兽
这是娘胎里的固执己见
神山上的一大个男人
翻越群山以后
泪水已经止不住
神山高高在上
我家的神坛
多年来在它的山脚下
盘腿
稍息
散漫地过着日子

劳　动

说到苦荞
密集的劳动
油然而生
一组诗歌一样的动作
飞快，飞驰的快
生长期里风吹草动之后
劳动
光荣地弄弯了锄头
弄弯了无数的日子
无数的黄土地开始响起来
咯吱咯吱

说到这些
母亲带着我
种上豌豆和洋芋

市场里的一大堆洋芋

那些洋芋被堆在市场
那些摊位上无人过问的生意

太阳就要落山

不论遗忘得如何厉害
我的矮矮村落
错落有致
太阳一千遍落山
沟沟坎坎
落入一千遍的往返里
一些闲散的羊群
赶往各自的方向
寻找各自的炊烟和盐井
几处雪堆积
懒洋洋，爬起来
像善良的笑
此起彼伏

无数药瓶之后

无数药瓶
在昆明、攀枝花、大理
做成买卖
病人、商业、市场
皆是职业的
此起彼伏的叫卖
还好
没有翻越宁蒗河那个土坯房
还好，山冈上的村庄
没有止痛药的成分
还好，哑语之后的天气
不再闷闷不乐
还好，宾馆过后
矮矮的土坯房上
一群欢声笑语的孩子
你追我赶

雪那上面好多人

丽江下雪了
耳朵里老是听见
这些奇特的雪花
落在一片死寂的山冈上
完成神的旨意
那上面的游客欢腾躁动不安
一条条栅道
一次次前往雪山
无数的人
准备好氧气瓶、羽绒服
还有爬上索道的勇气
无数的雪被踏来踏去
无数碱性的脚步

穿梭着，喧闹起
只有静静的雪山上
雪在静静地下着

山冈上最后那支歌

山冈上最后那支歌
跑呀跑
在最后的民间
垂死挣扎
太阳缓慢从东向西翻过
她的头顶，瘦了一筐
于是什么也装不住的奶奶
躲进夜里
听人说唱

圣洁的石丫口

圣洁的石丫口
风瘦了，变得矮矮的
不禁，牧羊的男人放纵
粗犷的口音漏出扣子以外
熟人熟事一件一件
也漏了出来

土地上的那些干旱
组成山里与山外的公里
我们
无数遍走访在自己的地图里
金黄的秋天
成熟、诱人

顺着土路
收回家的是一筐筐
香艳的土豆

拐过弯看你去

拐过弯看你在
土地上的和蔼可亲
那些
粗布缝合处，浓烈的场地
种满苦荞，在深秋的山冈上
那些拐个弯，
就能看到你的时光
是惹人夺目的
那些在石丫口的草甸上
懒散的马，懒散的候鸟
仅仅需要一个小小石头
就能让他们，拐个弯

突然

突然
大大的树林
漆黑一片
我们抓住了那个赶路的鬼
一大堆夜的里面
我们抓住了自己
那些胆怯的条件反射对象
趁着还有多余的杂念
可供削减
我们拿起彼此的枕头
盖住头颅里的邪念

给夜一把伞

给夜一把伞
网住所有窃窃私语
网住所有拉扯的钩心斗角
无声的石丫口
躲在村长的笔记本里
多么伟大的利用
无数农村
靠它争取村口
还在漏的水管
村南还在翻新的公路
无数里程碑
向天戳着
如果有一天戳到天了
那就伟大了

香格里拉

什么在香格里拉
一路顺风而来的风
五千个碎步结合之后的天堂
五体投地九十九座神山的最后一个
酥油奶茶店
我没有去过香格里拉
我没有香格里拉那种皈信，归途
几天前
叫《一路顺疯》的电影
突然把我带进了一个
天堂之外的命题
香格里拉
『小心』嘴里念叨的
无数个『小心』
嘴里念叨的天堂
他像孩子一样
在通往天堂的路上
专心致志骑车
通过他的天堂

抓不住

一口口井
荒凉、沉默寡言
在它身后
看起来已经古老
荒凉的老屋动了歪念
任风一寸一寸前行
任低矮的村庄
翻旧那些土坯房
那些二婶那欲止又流的眼泪

一次带着疼痛的书写

一些简短的疼痛
犹如，我们和山冈
聊着彼此灵魂出窍的苦命
犹如，减速的风、刹住的风、停顿的风
盘旋在我们的额头上
弄弯我们对天空的向往
我们在一个个土豆里
获得了丰收
他们成为小小的农业
他们成为火塘里滚烫的幸福
面对那些矮矮的记忆
我们像是笨笨的背篓
空空，荡荡

而在山冈的巨石
在一望无际的风电里
压坏了我一路的石头
他们一边压坏了另一边的生长

一些人

修身养性，博乐世界
无数种奇怪的活法
一拐一拐的
在无数次颠簸之后顺从
他们在自己的广场里
手舞足蹈
命令自己的命运
他们在左右不平衡的世界
装成晕船的，酒醉的
还有很多不一样的东西

那座山

多么陈旧的一片黄土地
行走，泛黄，尘起埃落
像族谱里的一起起回忆录
引以为豪
我跋山涉水的先人
先于我找到了
雪的密码，我步入后尘
加入雪的行列
一些图腾，一些感动
油然而生
我走散的脚印
仿佛是我随手丢下生活
无人问津

土地上的故事

先辈误闯禁区
落入白花花的石冈上
从此便在此安营扎寨
他们忘了刀耕火种之后的荒凉
石头疯长
土坯房疯长
岔路口疯长
他们
在土地上动了一辈子的念头
没能使炊烟缓慢通向神山
我的先辈
一群用公牛祭祀大地的主
动用无数公社的力量
也没能让石冈
长出白花花的银子
仅仅只是这两年
我二叔从县城租来了推土机
把土地铲平
在它上面干起了伟大的事业
无数低矮的玛咖
征服了山上的那些石头
无数需要固执把守的习惯
被一次次撬开

枯井上的甜水

挑水的人
在伟大的劳作里
缓慢变化着
前方一望无际的矮松林
排队掉进晨曦的矮松林
前方静静发亮的山冈
星辰一望无际
洁白的石头一望无际
挑水的人
摇起枯井上的
甜水
那便是山冈
背上的生活

雪山上的故事

雪天
凉山的雪
像钻入山冈的绵羊
一整个冬天
趴在那里一动不动
候鸟来了不动
猎狗来了不动
母亲来了不动
只有春天来了
它才咯吱动那么一下
像一只瘦弱的布谷鸟
被那个牧羊的爷爷
赶入山谷里

历史事件

那些布满泪水的诗
呐喊，咆哮，发狂奔驰
时隐时现
历史厚重
多么的虔诚，一路平坦
那些布满枯草的老地方
几年，几十年
不断的旧着
老祭司
掐指一算的
某年某月某日
我的爷爷从四川的根据地
顺流而下，或许是逆山而上

赶到大观坪，又阴差阳错
在石丫口开垦一小块故乡
现在我的父亲把他的领地
放在宁蒗城里，这一路的征程
使我越来越靠近城市
如果有一天我被城市放弃
我该追寻什么样的路
跋涉什么样的江

看见泸沽湖

水性杨花从泸沽湖底
爬上岸
多么娇艳地
散落人间
一万年来的湖水
深入湖底
又呼出漩涡
留下了一串串起伏的赞叹
在摩梭姑娘的猪槽船里
听
江湖的传言，荡漾湖面
情人树呀
隔湖相望的人呀

我们彼此挥挥手
陌生而默契的我们
在这湖两岸
挥挥手

石丫口（三）

我在石丫口的石头上
擦亮眼睛
前方堆起了洁白的
风电轮机，运输山风
后现代的电力
就从种满苦荞的土地里穿过
雪在石丫口的高处
擦亮我的山冈
前方一望无际的苦荞地
戳起的秸秆
向土地
发号，施令

雪（外一首）

雪

止痛的演技
已经被你识破
无数流星的痕迹
滑落得像一组泪水
止不住的悲欢
山冈上的风
刮起冬天冷冷的痛
赶不上宰割的绵羊
提刀翻过后山的守山人
翻过不满命运的石头
都在一阵一阵的阵痛着

荒凉

那些冰冷的句子
弄断了我的发音
泛滥成河的酸水
该何去何从
无数的表述
识破山水 谜底众多
而解不了你
破口而出的训诫
无数的语言
慌张凌乱

风翻过山冈

风翻过山冈
那些失忆的语言
悄悄告诉我
石丫口以西那些雪
深锁隐私
隐藏土著的母语
我像抓住了什么
是耐寒的土豆
还在土地里
那些娘胎里早已根植的土著
满是积雪的山冈
还是自己的四周缩短成
越来越壮大的自留地
还是父辈们子女们
一如既往的劳作

站　在

站在
矮矮的松树前
我
像土著一样获得了上帝的布施
　原始的母语
从额头高高流淌而过
为了证明
曾经我们源自同一座神山
一起诵经念咒
我们庄严发誓
此生　　一把灰土
洗去一身的秀气
恢复生活的真

梅花的墨汁

一阵烈风
吹走
宁蒗河以西的春天和高寒
太多的雪
被高高吹落
像无数翻越群山的先人
老茧结了一层又一层
固执的雕刻在山冈上

那些劳作里
习惯了高原的母亲
不止一次在黝黑的手臂上
绣上梅花的墨汁

多么富贵的痕迹
在母亲的手上
举足轻重
那一刻
最虔诚的仪式
才刚刚开始

生活

生活
从镜子开始
落尘，积累，炙热
一个温暖的午后
母亲在此
选土豆
大的一类，小的一群
它们在这里
完成集结
密令，是母亲满脸的丰收

在黄昏割苦荞

黄昏的苦荞被割掉了
坏天气里
总是有几亩需要劳动的作物
群山过后
在黄昏
那个小小山凹
多么像一群牧羊的孩子
多么像一群掏鸟蛋的孩子
多么像我们的童年
三五成群
几天以后
绵羊会再来收割最后的生机

疼痛着

她的骨质增生
比她的固执己见还疼些
几年了
骨髓的疼
在这个妇女身上翻了个遍
满脸的操劳过度
在这个年纪
更显老
她，我叫了一辈子的姑姑
满脑袋的儿女
舍不得去医院一次的母亲
想到这里
一切才显得那样的力不从心

马

驮着
苦荞、洋芋
荞穗
在春天，男孩的身后
敲打着山路
驮着满腹经纶的道德
驮着春天里寸草不生的牧场
在宁蒗的贫困中坚持
驮着许多困顿的男人
在赛马场
飞驰

面对丽江

面对嘈杂的丽江
我背对我的母亲
咽下去的泪水
在心底
打磨着我那脆弱的意志
面对叫喊着的古城
母亲跟我在这里显得格格不入
良药苦口
面对病痛折磨的身体
沉沉的思索
希望也是一种药引

那些雪

渐渐融化
止不住的不止这些
错落有致的土坯房
爱恨情仇的面庞
矮松林捣蛋的鸟蛋
二叔家庞大的牧羊计划
山泉眼上无边无垠的往生
奶奶东倒西歪的足迹
爸爸夜以继日的咳嗽
石丫口阿苦家的婚礼
止不住的不止这些

幸福

蔚蓝的天空
幸福突然矮矮的
排在一种主义前面
一种充满泥土的空气
一种只有在故事里
才能梦想成真的童话面前
在我快要落草为寇之际
让我浪子回头

文盲的母亲

文盲的母亲
探头探脑
在信用社的大楼里
急需一个文化人
只要能填写汇款单就可以
母亲
走了三十里山路
在信用社的大楼里
拿出褶皱的人民币
在别人的手里
如愿

宁蒗的星星

闲时
跟着母亲
在宁蒗的山区
漫无边际的土地上
数一数丢弃在苦荞地里的荞穗
母亲走在她的自留地
指着她收获的苦荞洋芋
向我炫耀她的世界
母亲啊
儿子土地里今年没有收成
我该拿什么向你炫耀我的生活呢

童年的麦子

童年的麦子
跟年轻的我们一样
需要阳光明媚的天气
玩耍
多少次
多少次在丰收的年份
我和弟挑出了最饱满的麦穗
多少次在晒谷场
父亲他们抡起甩鞭砸向土地
然后像撕掉一张日历
土地崭新得像
童年我们的游戏

那个年久失修的老家

那个雪天
我坐着马车回老家
说起老家
土路真的摇晃得厉害
年久失修得厉害
到处的小小坑
真的在胃里翻江倒海
寨子空空的就剩那点雪
那么一点点苦荞地
那么一点点二叔的叫声
站在山顶
看着它的年久失修
我决心此生要为它改变点什么

童年是我们需要翻犁的土地

把羊赶在山坡上吧
像一群集合的队伍
整齐有序
在苦荞地旁
童年
像那些候鸟的游戏
你追我赶
自留地就在我们的旁边
无数需要翻犁播种
童年
候鸟之后的春天
满满生机

压　鸟

童年
拿着竹席
在毕生的力量里
把一大群鸟
压在雪天里
那群鸟
一声不吭就趴在雪地里
那么像钻入被窝的我们
那么的奢侈

虔诚

童年时在圣洁的山顶上
我和很多的同伴
把童年的游戏
当成最虔诚的信仰
年纪轻轻
在满山的石头上
找一找自己的化石
然后使劲地抛向远方
那不是为了一条抛物线的轮回
也不是把自己的丑脸
归还给天空
那只是为了给远方带一种声音
那是根深蒂固的童年游戏

拿起锄头的四叔

四叔拿起锄头
一声不吭
钻入苦荞地里
一年
两年
这种与生俱来的时间感
慢慢高出了他的苦荞
手表，时针，分针
把无数的人生走成圈圈圆圆
像跳羊皮鼓的苏尼
在他的身上
已经踩出了一条条通往天堂的皱纹
已经盖过了他的土坯房

夜的逛想

让人害怕的时候
我时常在考虑
是不是在夜的后面
藏着一把刀
削铁如泥
好像整条街道
整座筑起的信仰
都会被它一一削掉
我宁愿相信
候鸟
是被证明的远方
远大的理想和高高的神山
带着孩子稚嫩的面庞

往前跨一步
让所有能靠近的鬼神
退后万里

土地

用一首诗的情感来诉说
无数的夜
让我想到了他们的存在
古典而又耐寒
他们的生活
那样的高寒冰冷
从手心穿过的疼
真的会让人瑟瑟发抖
就像是从记忆里泄露的天机
深不可测
我的那片耐寒的土地
用一首诗的时间
让我听懂它的密码

瞬间

瞬间移动的云
在云南徘徊
在高山之顶
我
写下一首诗
月光的成分残缺
傻傻的杨志
像高山的另一座天空
密不透风
一条慰劳劳作的鱼
在远远的山坡上
跳舞　渴死
像星辰的化石

无数小虫在伊克洛大声哭泣
多么壮观
我的诗
远远比这些还要矮

我

我
一个依偎母性的孩子
在山冈无比童真
在满是石头的道路上
无比颠簸
我害怕雷打的雨后
害怕夜晚鬼火乱窜的马路
如果我动动邪恶的念头
远离那个地方
反而空荡了

梦呓

看着这些群山
我
感受着童年的呓语
心底的宗教，油然而生
漫山奔跑的杜鹃
无数次煽情地绽放
被矮松林无数次征服
蓝天、云朵、爱唱山歌的人
好像现在都在变老实了
变成一座座自己的高山
沉默了不少

星辰

笨重的人
球场不适合运动
那就坐穿夜吧
那就倾听一对恋人的甜言蜜语吧
星空
高高盘起
无比璀璨

选择

选择这是一个艰难的词汇
和一个朋友
坐在一场球赛的外面
日子就是这样过得不紧不慢
张弛有度
舌头就这样学会用哨声控制
自己
在不同的人群里
来去自如
游刃有余
这个夏天
很多人拿着体温表过日子
触碰了火药

寂静之声

我相信这个夏天
我相信这个夜晚
一定在静静的宁蒗河上
星空璀璨
一定有感人的诗歌穿过
一定有催人的泪水划过
远远望去
静寂之声
从地平线上升起

妈妈

大地叠成一座故乡
世间的所有妈妈
聚集在世间的故乡等待
远方那些儿子
缓缓从山的那边长大
看着风吹起妈妈坚硬的皱纹
有时候真想回答
妈妈的每一个思念
有时候真想看看
妈妈那些年轻的相册
那时那世
妈妈美若天仙

自白

一杯水
结满一生的洁白
干净得不剩一生的转世
一次次打乱
喉咙里的语言
痛苦的罗盘直指老家的枯井
我原本以为
一对对银子捶打的戒指
是奶奶不慎跌落的语言
原本以为杯子里的苦荞茶
是我倒流的眼泪

干河子

干河子
城镇完成了它最后的集结
宁蒗
一段人民的日子
悠闲地过着
藏起的
古溪
在它悠闲的里程里
自在极了

爸爸进了城里

爸爸卷起了裤腿
用老农民式的背影
在城里
和他的兄弟姐妹
做了邻居
现在远亲赶得上近邻了
居家的街道
比农村那个小山冈要阔绰多了
高高仰望
自然地骄傲起来

那是一个深冬的夜晚

夜
母亲撒出的谷子
结冰生疮
整个村子
是冬天的那个样子
粗糙而隐秘
人们
屏住呼吸
一个个握紧洋芋
吃着黑夜里
滚烫的生活

父亲的老

数着父亲的老
从窗口流过
从胸口穿过
月份
远在宁蒗
父亲
近在咫尺
我手忙脚乱
突然比他的年纪更着急了

错

问题
一大段
停顿在
空空荡荡之间
远在天边的灰
近在咫尺的错
改
应该来得及

一粒石头的坚强

一座山的石头在坚强
一群山的石头在坚强
一个乡的石头在坚强
一个县的石头在坚强
一个省的石头在坚强
最后他们成群结队
有时候那是让人恐惧的

狂风在周围乱撞

狂风在我的周围乱撞
第一场民谣音乐会会被撞倒
第一个公交站牌会被撞倒
前方月经一样
通红
身后
茫茫一大片未知

一个人的时候

一个人的时候
荒凉在白色墙体上
勾画出静寂
笔筒里摆着写过繁体字的钢笔
像埋在地狱的死尸
一支支浑身无力
再看街头沉睡的流浪者
此生我也会为这些莫名的实物产生感动
也会像一首情歌
慢慢学会和那些伤心人
一同流浪

土里的人

燃烧的木炭
敲击灵魂出窍的定数
木炭，和一座高山
奶奶曾经也因为猫头鹰乱叫
敲击过木炭
很多年后
我以同样的方式敲击着键盘
以纪念奶奶那次伟大的行动

与世界在一个夜里相汇

一只鹰
充满了人的动作
一连串人的行为
从高空到土地上反复展示
一个个落泪的人
抬头看天堂
空空荡荡
一路无人过问
像世纪的城市
告别村庄

雨夜的人

用一只杯子
敞开心扉
无怨无悔地开怀
无人问津的方向
从远方迷路而来
我摇晃着打出一排路标
让他一一对应
找到回家的路
让世界无数次流泪
送别
无数场阵雨
丢在半路的伞里
已经挤满了

人民的脚步声
原谅这个多雨的夜晚吧
那些习惯摇晃的人

历史从眼睛划过

银屏清晰可见的人名
一个个排成长队
缓缓走过
伟大的人民西路上
一座座高矮不齐的土坡
从远方消失
那些伟大的路口
从伟大的人物开始
静静汇入历史的河流里
缓慢通过城市的广场边

今天

今天
更多的人
喜欢稳住人生
结识朋友和疼痛
穿过整个星期天
找到一座可以攀爬的山顶
气喘吁吁地站在迎风口
感受生活
给我们的高低起伏

点名

那个老师
看着成绩单
一脸庄重
每一个人名
缓缓站起
像撞开的大钟
高高地响起
之后
像世纪之初
那些赶不上的人
悄悄从后门另找出路
这是一节没有裂缝的缩影

站在城市看山顶

靠土地记忆的人
拿起笔直的躯体
缓慢离开城市
向母亲扎根多年的地方
缓缓走去
在那土地高过头顶的山头
在人群面带族谱的土地
他的母亲
正在掰手
数着孩子的归期

读 诗

一杯红茶的力量
与一本诗集持平
在这样的平衡里
人总找着例外的力量
或是荒凉的高空
或是伟大的鹿城南路
那间酒吧

一座又一座的『锋』

世间还给
三个男人不灭的习惯
记忆，理由
坚硬的人脸
从黑夜底部升起
直到成为一座『锋』

我们

我们，成群结队
在大街装疯子
哑巴，智者，诗人
面对
空无一人的前方
我们，犹豫不决
面对
那些母亲父亲的自留地
我们，手忙脚乱
我们
我们，我们
集体背对太阳
泪流满面

南方的风雨

南方的风雨
吹打着一座瘦弱的村子
父亲是这个村里最瘦弱的人
也是缓缓移动着真理与谬论的
推翻者，之后的时间里
父亲像着了魔一样的喝酒
跟着夜的溅落四处发疯
与他的先人一样

今天

今天
太阳这受伤的心情
空空荡荡
七月所剩无几
关节一样疼痛的村道
又一次印出了母亲的背影

在泸沽湖

你知道吗
有那么一刻
时光驶离世间
在泸沽湖旁
扎下的风景
或是一粒一粒松果
或是一家一家木楼房
或是一湖的蔚蓝天空
或是一支一支猪槽船满载的
一曲曲属于泸沽湖的情歌
请相信这一切都是格母女神峰的见证
请相信这里离人间不远
离天堂不远

一个女孩

一个人的时候
就像一个女孩一样的
虔诚
推算着多少人和事
会美好的在身边发生
化学反应
使未来变得美好
而现在一切
返璞归真
不带任何色彩
从她身旁
慢慢跑向操场

故乡

亲戚
围坐屋子
欢声雷动
有不少是记忆之内的
残垣断壁的老屋里
泪水的光芒万丈
此起彼伏
夜
在远方宏大的神山上
沉默
一些残垣断壁的自留地
一些虔诚的宗教信仰
有不少东西是沉默的

去看一座高山

高山太高
上面行走的人
没有一块平坦的心
可以装下一座村庄
金沙江的水
足以催生另一种泪水
足以推动一种力量
让一条又一条的江鱼
通向城市
通向丽江
就像一路的村庄
通向每一个人的内心深处一样

一堆文字

文字的背面
排版
井然有序的人生
一大堆需要打赌的事件
记录在案的
都是陡峭的雪山
让一个肥胖的世界
缩小成一滴泪水
这是多么为难的举动

独自去城市看你

一个只有太阳的日子
独自去一座城市看看空空的你
独自去看一座有你生活的方向
或许是我们互不认识车站
或许是我们一见如故的陌生人
它跟高山不一样
打不开远方的锁
你像仪式一样端庄地站立着
这是青年的人们
喜欢用的拥抱方式
那是高楼大厦的相拥成泣

一座城市

我们开始在一些喧闹的城市
过冬
数出那些不经意的雪花
那些在时间里抖动的
生活
在一个个街道被人领着
发呆在某个路口的红绿灯
转眼又被甩在身后
我不喜欢在这样陌生的城市里
谋生
没有爸爸妈妈
没有听到他们的唠叨
怎么可以算活着

村子

村子最拮据的路
也是最富裕的路
这里的土路不通车
但是山风很大
几年来残垣断壁的老屋
变得越来越老
再过几年
这里不再有村子
也不再有很大的山风

车上的人们

一条众多车堵了的路
在新建的城区停下来
有几个赖于生计的男人
跟我同坐一台车
他们不善于交际
就像一本翻烂的诗集
所有的世界就是那么几个干燥
而耐寒的文字
他们各自沉默着各自的疼痛
我靠着窗口
向远处的土地望去
贫瘠之地上也有他们那样的人
靠着这样的疼痛活了下来

被一首诗歌感动

被一首女人写的诗歌感动
那是细腻的虔诚
那是多少年来
一次次的感动
有时候时间放在手里
就是这样的滚烫
站在最安静的嘴唇里
我喜欢被这样的诗歌感动
女性的诗

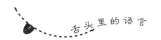

母亲的村庄

像一次伟大的行走
回到母亲的村庄
母亲满眼的熟悉
龙头山、小洞拉达
像一场预谋已久的雪
堆满在身前
这是我日里夜里
和母亲一起想起的模样
一座母亲一样的村庄
仿佛我也是在这里出生的

塔山久地

无数用语言堆积的山顶
乌鸦一大片选择的山顶
一座座变着模样的山顶
一群选择了又选择最后选中山顶的族人
锁住眉头
从远处三五成群赶来
就像回家一样
他们盘腿而坐，他们开垦土地
最后他们为这座山顶命名为塔山久地

2013年的一座故乡

2013年的这一座故乡
在长满苔藓的石头上
坚硬拎着坚硬
习惯了在一个时刻
以梦成歌
较量它的高亢
喜欢用一个世纪的广阔去看看苔藓上
会不会长出坚硬的石头
世人个个喜欢用石头垒出坚硬的城市
用苔藓画出挂满壁橱的油画
但是2013年的一座故乡
再用力也捏不出童年的苔藓
以及那些苔藓一样被铭记的孩子们

2013就像一块冰冷的坚硬石头
再怎么用力也砸不出
童年的欢声笑语

高高的山顶

坚硬的山
是脚走出的疼痛
贫困一生的亲人
习惯在石头上开凿出生活
九月的荞穗是风吹出的口哨
我的亲人
又从远方开始收割麦穗了
就像九月的某一天
我在敲击的键盘
我们都收获了快乐

慌乱

从 176 酒吧出来的时候
人间像极兵荒马乱的年代
吵吵闹闹
跟着朋友的声音
走下十步台阶
就感觉
每时每刻都有向下的狂乱
在台阶和向右的路口
等待整理

一条向下的路

周末看一条路
就像从酒吧走出的样子
慌忙无比
站在路口
没人等得了绿灯的开始
每个疯子
喜欢奔跑
然后用力砸向土地
酒里的谷粒
就吐出了一路的九月

醉成一条河

我的一个朋友
在这家酒吧
跟无数的朋友
说了一条河的奇形怪状
人们惊呆了
开始满世界地找地图
一定要在地图上
找出小小山冈前流淌的河
可惜他们不知道
这是一条没有标注过的河

去看山冈那串足迹

母亲为这黑夜留下了一串足迹
就像灯火留下的痕迹
停留　深远
人啊故乡的人
在山里走来走去
就不经意地走出一条坚硬而曲折的路
这是人不经意的杰作
绵羊喜欢满山吃草
喜欢掏心掏肺地吃
这是山不经意的风景

把夜翻译成经文

把夜翻译成经文
人与人的距离
是如此的遥远
菩萨和夜行的游子
在同一座寺庙端坐
在这片漆黑的夜空里
面对彼此
我发誓
在那座鸦雀无声的城市里
一定住着一个明天要去取经的老人
等着把他们翻译成经文

很小的时候喜欢堆雪山

很小的时候喜欢堆雪山
向它发号施令
向它布施文明
后来慢慢的下雪时
坐在客厅里
看第十三频道上
世界下起的雪
再后来
就像时间或者比时间更快的东西
突然间把
一个冬天
全都融化了
成了土地　成了河流里的石头

不学老

不学老
电视剧在星期六里的老
让人心酸
就像村里长大的孩子
不知道城市里
幼儿园的作用
就像山里长老的老人
不知道城市里还有
敬老院

老屋

耳膜开始鼓动
舌头开始攒动不安
相信一定有冥冥之中
奔跑的心
会跟你很合拍
在一场雨过后
苦了的一片苦荞地
变得更快地成熟起来
那是奶奶把破旧的老屋
拿在手里晒干的日子

山顶上的坝子

雨淋湿了
塔山久地上的坝子
一整夜
化作的
一块漆黑的珠子
在这块弹丸之地
不断地
前途无量
不断地生活

独白的声音

标注地名
在城市的某个路口上
不高也不矮的路牌
奇怪地看着远方
那天　也怪
很多人听不懂我的发音
我像哑巴
吃着自己吐出的每一个字
等过了人潮涌动的民主路
之后
我听见
一切才开始得到回答

他

为什么不把一组动作比喻成他　然后当作我的一生
一把镰刀　这样的
早出晚归　冥思苦想
收割深秋
为什么不把他当作一朵云
在山坡唤作
我写下的字
饱含苦水的朗诵出来
为什么不把他当作
十几年来的感冒和吃药
反复练习
为什么不把他剩下的老
一遍遍数出来

一群羊

一群羊
在山坡
闲散
我的二伯嘴叼兰花烟
在对面的山头
炊烟四起　对着阴沉的天气
一群乖巧的绵羊
没有牧羊犬的领头
最后在二伯的家里
我看到了他们
添食盐水
那多像童年的我们
为了一个鸟蛋
满世界奔跑

原野

原野
已使天空长出了
母语
原野
已使四周摆满了
魔法
在此之前
一切都还未
生出情感

回去

那天回家的路
那天正好结冰
起雾
没人清扫这些雾
没人带着春天过来
一切等过了这段艰难的路
再做回答
那天
诗歌和打火机一样
受用

学会了用遗忘去记住

学会了用遗忘去记住
我决定把这一切都忘掉
母亲的病
父亲的穷
我决定
像我的奶奶
做个快乐的人
就把所有的不幸都还给他们自己吧
就把遗忘当作记住
去遗忘这一切

丽江

穿过这座隧道
就是丽江
就是前排的人的
理想之都
想到了这里他们加速了心跳
加速这列火车
就我们这排
什么也没做
我们像回家一样
平常

夜的想象

夜的眼睛里
浮现远方
那个坐着洗衣服的妇女
她一生的愿望
就是把这个黑夜洗干净
远方那个坐着一个剥豌豆的母亲啊
就像扶起一座高原一样高兴
黑夜
更多的人
在村口的狗叫着的方向
劳动
再往外
县城灯火通明
另外的劳作

表姐的远嫁

抱着一棵大树
痛哭一场的表姐
在黄昏时回来了
带着所有的不舍与遗憾
回来了
远嫁他乡
就像她背着的那筐洋芋
陌生
只是那里的洋芋比这里的洋芋
不那么贫瘠
仅此而已

一座山的背后

一座山的背后
风光无限
一些老人在数着
他们农忙的村庄
母亲
风尘仆仆
曲曲折折地走出苦荞地
一大段足迹
也跟着
父亲
那些爱钻矮松的羊
是他多年来说大实话的底气
村庄

一座堆满石头的山
天空躲过它的高
河流躲过它的远
只有我的父亲母亲们
无处可躲
最后在这粒山背后生活了下来
从此村庄每天便起早贪黑

我要把天空染蓝

我要选一匹蓝布
把天空染蓝
把我自己安放在里面
玩耍 安乐 茶饭
我要把哲学课本翻开
读那些大道理
听那些父亲酒后的真言
泛黄的秋天
我要选择一个午后出走
看天上人间
写母亲买菜的价格表
我要在最后一首爱情诗里
睡觉

你

从昆明到丽江　一列火车
路途就像一条河一样遥远
艰难地爬坡
像一头拉苦力的黄牛
野蛮而富力
那些孤独的隧道
如何打磨
才使他穿透
如何打探
才使它洁白

高处开始

一望无际的高原
一群羊在石头后面
匆匆而过
山坡
山坡十万种新年以后
缓缓变黑
今夜的苍茫
漆黑一片
鸦雀无声
我站在山顶
风分明撕扯着它高亢的嗓子

女诗人

夜在镜子里是孤独的
漆黑一片　无人攀比
写诗的女人
不知该如何从头来过
童话短暂
远方短暂
故乡短暂
白色墙体涂上口红
最后她席地而坐
一路的车
扯着聊不完的话题

留一个下午

去趟深山老林
再走出森林已经变了模样
去趟金沙江
把胃洗干净
换乘没有汽油的木船
去睡在一座高寒的山上
你带着的老照片
也会睡在一座高寒的山上
石头把昨天的坚硬和今天
都会留在下午
让鸟在这里安静

堆山堆雪

堆堆堆山
母亲的手
多么像一座雪山
多么像一幅风景
多么地童话
母亲像去年那堆不会说话的石头
向着土地的苦荞沉默
母亲
那是多少年来你喊我的口吻
多少年来　　在苦荞地上
一动不动的声音
高高高高高
回音依稀

自修室的安静

楼上的秋天让人想象
我看着安静的天空
习惯地站着
正如自修室里的人
多数都来自那些习惯寡言的年代
我走进天空与自修室的空隙
仿佛走进了时间的另一个天
我看不到喧闹的我
看不到喧闹的海浪
翻卷我的胃
我的眼睛和焊接好的秋天

冬天

冬天的月亮
激荡、绚丽，没有疼痛的冷
谁会怀疑
一组没有温度的词语下
宁蒗的冬季，高过锅炉
谁会害羞于
冷风下披着深色的围巾
穿过厚厚的街道
计较冻伤了的诗，向大地取暖

那是多么痴情的时光

博爱的大地
是你对雪的念头
身后一大串足迹
长得跟诗歌一样难解难分
洁白的石冈上
把阳光灿烂的地方
藏起来

炙热的灯塔

炙热的灯塔
向我举杯
我空空荡荡写不出
一句赞扬的诗
时间去得太快
到处都是语言行动的碎片
几天前我也像今天这么
学着走走停停
学着支支吾吾
学着在灯塔下宣示
从明天开始做个好人
做件好事

我停下来

我停下来
停顿
再停止
给自己这样的定律
磨合自己的步伐
那时
认为
踩出阴历的东西
现在变得那么遥不可及

牧羊的村庄

在高寒的山冈上
盖过村头的雪
被母亲铲上木桶
做成早饭
撒上盐
做成盐水
做成洁白的饲料
一大群绵羊　一条牧羊犬
舔着，时间
像一组飞驰的动作
左摇右晃

鹰

你的天空
像打谷场抡起的麦穗
是那么的自由飞翔
天空
一张没有阴霾的照片
父亲的脾气
就在里面
做着同一种俯冲
同一种疼爱
向下剧烈俯冲
像一粒石头
砸出一个个日子

最记忆

瓦板房的石板下
压着我去年换下的牙
奶奶说她的牙
在那遥远的远方变成岁月的痕迹
奶奶说她的脚
踏遍千万年的山水
却从未留下过她赤脚的疼痛
瓦板房
我的第一柄梦想
是在奶奶怀里长大
我的第一个早晨
是在奶奶的嘴里含咂

记忆里
奶奶的舌头
和她的火塘一样高

穿过那片云

穿过那片云
父亲
一恍在故乡
完成了自己的革命
一朵云
一朵在我头上盘旋多年的云
痴痴呆呆，遥望
穿过它
就跟那年的奶奶
穿过依加拉达一样
抵达

问

要问对自然
那我得从一粒泥土
说起它
我那喃喃细语的
童真岁月
啃食了多少泥土的甜味
你要问我
我对故乡有多眷恋
那我得从一棵苦荞花谈起
每一朵苦荞花上
俏皮在漫山遍野的孩子
某年某月的游戏
你要问我

比时间更长远的是什么
那我得极度恐慌地回答
曾经拥有的日子
都足够长远了
母亲缝补过的衣服
足够结实了
那条路口上孤独的影子
足够散步了

符号

在大街上喧哗
写出摇晃的文字
梦见草原上奔驰的野草
选择一醉就倒在母亲铺好的被窝里
吃那些熟透的豌豆
任母亲在梦里收割
我那片土地上的夜

群山之上

那天
群山之上的歌
一首又一首
那天
群山之上的人
个个沾亲带故
那天
群山之上的女人
和苦荞麦一起羞涩
那天
所有的乳名
都是曲直有余的母语
那天
群山之上只有一把猎枪
只有一只豺狼
那天
群山之上舌头比口哨更滑溜
那天的车票
比手里发霉的钱更沉重

博物馆

在现代的台阶上
纪念一只站立的骨骼
博物馆里
熙熙攘攘的人声
就要淹没那些简介了
淹没那些历史上的政变了
博物馆门口
一只凶猛的猎狗
呆呆地看着
那些汽车的野性
那些跟自己不一样的东西

火把

火把太过于原始
以至于我的寨子
围火取暖
火把太过古老
以至我的宗教
传下了三天三夜的狂欢
母亲的口弦
像一尊菩萨
庄重而热闹

火把节

每日以一种体温
测算火把的温度
雨像千万颗珍珠
洒在县城的山山水水之上
要说节日
彝寨算得出的不多不少
要说隆重
火把节的分量千金万银
祭祀的牲畜雷打不动
火的沸腾惊天也动地

精打细算的日子
这是族源的密码
毕摩左算右算
算出这月这日
火的节日

一些简单的重量

一些质量至上的标签
摆在超市货架上
铭心刻骨的明码和标价
让人喘不过气
一种填充生命的重量
一种胃觉上触碰的重量
一种超市的重量
一种货架的重量
更是一种算好的刚好合适的重量

一枚硬币的减轻

1994 年成为一枚硬币缩水的标志
从那时起
人民手里的硬币越来越轻
二十年以后的重量有着明显的减轻
这是一个命题的算法
二十年前一枚硬币就是父亲手里的一组称谓
海盗　犁　以及那匹饿死的马
母亲嘴里一串生活的重量
砣盐　饼茶　兰花烟
以及有眼无珠的盲人
二十年后的今天
日子不再是那么的富有厚度
一张纸币足够应付所有需要称量的生活

用来交换的手段成为它一次次更换的年历
现在仅仅只是
一件商品
或者说是一个减轻的重量
在手里脱落的一个贫困
一些日子的贫困　生活的贫困

高原在高高向上

高原的孩子
习惯把自己填成坝子
喜欢在高原堆泥巴　堆雪人
在高原穿打补丁的衣服
在又冷又小的屋子里读海子的诗
在攀登高峰的瞬间
在拿黑夜喂狗的撕扯中
在夜里吹着口哨的嘴里
高原的高寒
真真切切

天空一往的纯净

天空一定是纯净的
今天
我听到
每一朵云为表达
洁白而歌唱
我看到
每一片天空都以
蔚蓝
撒向人间
人间六月的天
喊喊
就在别人的眼睛里
得到了回答

放

让这座村庄变得遥远起来
我潜伏高山的母语
一句句踏上我那陡壁的喉咙
我忍痛说出那句叫人泪流满面的语言
突然
我感觉释放了什么
也许是千万个黑夜里
不眠的囚徒
也许什么也不是

角落

从城市的一角
我瞥见自己滚烫的那黄土坡
布满了星辰与沉默
真的
他们和天空连成了乌鸦般的黑
真的
他们跟荒芜的小径同走一个方向
真的
在墙上画出一座高原后
我也仿佛听话了很多
不再跟抑郁急眼
不再跟窗台悬挂上衣服和蓝天
在布满榆树的土地　较劲

一座山到父亲的距离

去年与父亲隔着的是一座
坚硬的山
一片牧羊的草场
在父亲的脚下结结实实的领地
去年之后，在高寒的故乡
被父亲剪成一张张留影
石头在里面小小的
我跟弟在里面小小的
抱着一个小小的皮球
劈柴　放马　铲雪　除草
这些压缩的距离
也都在里面彼此靠着

石丫口的村庄

十年前，牧羊
好像许多的爷爷
说着，史诗般的故事
石丫口
那个凹进去的地方
陷进去过一锭锭银子
一群群恶鬼
还有剩下的一些经书
之后，每当从那里经过
好像马铃震撼，经文阵阵

土墙堆在寨子门口

秋天的土墙
堆在寨子
巨大 历史
那么的刻骨铭心
十年前我生活的牦牛坪
全村只有一台电视
还是黑白色
那时候土墙是冬天里的一面镜子
母亲在它的里面忙碌
十年过去
就像过去一辆马车
拉走了贫困
拉走了二伯三叔的家

现在我的寨子
枯燥得只有没完没了的电视剧
像十堆冬季
干枯

老

宅子老得不成样子
残垣断壁快要断气
沙玛阿普那头老牛
也跟他一模一样地苟延残喘
这是十年前的定义
十年以后
好像她还是这样的老
只是在今天看来
这样的老跟历史和文物接近
现在更多的人
都得靠它回忆
那些年
如何的艰苦朴素
那些年
如何站在某个瞬间
取景拍照留念

一些剪短的记忆

1

阿卓
你的称谓
我的姓氏
至少在老家是
这样决定的

2

母亲
无数遍地筛选
我还是喜欢
这个称谓

3

父亲
多么像一首歌
多么像一些时间
多么像一些事情
不断浮现
不断打断我的
那封信

4

弟
多么惹人喜欢的
在母亲的怀里
现在都那么大了
还是依旧如此

5

我
在遍体鳞伤后
公布于众的
是一首首诗
是父亲母亲
是大哥三弟
是朋友亲人
是我的故乡

6

她
被称为爱人
又称为朋友

7

朋友
一大群
就像泄洪
一样多

8

童年
像抛向天空的石头
转个身
突然
下落不明

9

苦荞
在故乡坐庄
想把一群群的鸟
套牢

10

雪
在山坡上
放下一个阶梯
那些羊
爬了上去
就再也不敢下来了

11

羊
在山顶上
被云朵误解
现在他们一起
被人误解

12

那天
您走了
只有那条优美的抛物线
在天空荡漾
我一个人
在山顶
看着它变模糊

13

广阔的
草原
原来是属于
你的部分
现在
被我私人订制

14

土路
是豪华版的
因为摇晃不定

15

风
像一场演讲
忘了该如何结束

16

天空
激荡摇晃
老家
反而淡定了不少

17

弹弓在童年里
想到这里
鸟跟我一样
心情忐忑

18

无数情人
在向你挥手
而你
在给母亲打电话

19

春天
你满山
绽放
秋天
我为你收集成册

20

雪
慢慢的
就要
覆盖我的额头了

21

日子
在右边
生活
就是左边

22

哭
能记录的
就是自己
而笑
永远是共同的

23

山顶
放下心
就可以平坦
许多

24

二舅
太高了
至于其他的
我爬上他的背
好像都可以忽视不讲

25

奶奶
在我家的土地上
睡觉
好几年来
一如既往

老人的农业

在一张褶皱的土地上
人民的锄头在劳作
画面不深刻
但绝对美
在土地呢喃的谜底前
老人一锄头
挖开的日子
就是证言
在伞撑开的太阳里
一袋烟的工夫
就是老人与土地上生活的较量

那匹老马

是阿苦家的苦荞麦地上
失去活计的家伙
那匹老马
是塔山久地不会说话的孤独
十年的日子
是一段多么值得炫耀的历史
就在去年它从县城驮来的
它的一辈子时光里
几砣盐
那是它从未见过的咸
崎岖的牦牛坪
骑在老马的背上
在阿苦家的苦荞麦地上

响声鲁莽的马蹄
跌跌撞撞
被一群蚂蚁搬来弄去的黄昏
最后成了一幅油画的色彩
一层一层凸着的情感
相互洗去的陌生
那是一匹孤独的老马
最后的一段时间吧

不管怎么说

我现在在楚雄
生活温暖
住房舒适
我不关心宗教
不关心人民币上滚烫的日子

母亲　父亲　我的故乡
生活在高海拔的高原
有寒冷有贫困
关心一天的劳作
关心明天开始的农忙

我现在活得够潇洒

一天只用数清十指上流淌的时间
数一数速度突然提速
才感觉心无比慌

减轻的质量

一种相反悲伤的两个极点
一种孤独滚烫的泪水
无论如何
我亲爱的人啊
我和你生活在同一次呼吸里
我激昂肺腑的大地啊
我和你生活在同一寸秋色里
我苦笑无边的天空啊
我和你隔着一层相望
我不带躯壳的爱情啊
你的主人羞涩得多么可爱
你奴隶苦难得只剩一杯酒

那些耕着的土地
那些苦难的乳名
活着比死去的更沉痛
沉痛是西部疗养着的苦荞

头慢慢地昏沉下

天也变得这么的不解风情
有的人静静悄悄
不敢更多的谈起他那些死去的爱情
一张脸几天前刚刚从山羊的身上活过来
凸显出着苍白无力
天空宽宽广广
有的鸟已经找不到回家的路
陌生透彻的秋天一天比一天衰老
再过些时日
太阳把更多的墙涂在高原的男人额头上
那时有人显老
有人变老
有的人慢慢把自己当日子过

时光不老

月亮静静
人类的时光，与众不同
无话不谈的时光
好像过去没多久
夜好像断断续续的
像那些震中的路
一段比一段凶险
只要时光不老

不说不写

不来争鸣
无声的脚下
向来都是最肥沃的土壤
不卑不亢
无言的哑
压死了一亩多一点的蓝
不悲不喜
凶险一步一步走出
手里握着一大把汗珠
不咸不淡只是有点颤颤抖抖
可能刚才有人捏了一路的惊险
有些汗珠都变得不平不整
变得世事难料了

夜的独白

夜独自着它的黑
干干脆脆的拧干一天
又一天的白
有人痴情粗鲁又安静地遗忘
遗忘得不留一杯苦水
有人宁愿相信生擒不如锁住
喉咙发炎一样的沉默
有人相信至少还有一条寂静的路
还有几个形单形只的人
对生活暗示留恋
但更多的人
和我一样选择
漫无目的的远行
或者把远方裹携进褶皱的日子里

小凉山的日子

时刻不断地锤炼
折断不了誓不罢休的宣言
用一杯冷水
解我一天干裂难耐的土地
群山围而不攻的城市
土地蒸出了
脾气一样爆裂的太阳
小凉山上生长着人
生肖十二齐齐整整
他们一腔砸出的牧羊时光
是何等高亢而惬意
在山里起雾

在山里迷路
在山里生擒一杯迷迷茫茫
我在城市
在一座与母亲一样繁忙的日子里
兴奋时收割他们的一段苦荞秆
含砸在嘴里
那是一种母乳的厚度啊

一段扯不掉的情

毒辣的日子
洒水一样的淋湿着我
我躯壳变得沉默
沉默变得和故乡的山水一样
摇晃着向远方承诺远行
一条褶皱的山路
拐了十八个弯
第十九次拐进了口吃者的舌头里
颠颠簸簸吐不出一段顺溜的路
在第二十二次做了酒的另一次胃觉
有的人品人生　有的人品疾苦
有的人品出最单纯的苦荞酒

宁蒗的腹地装在小凉山的胸怀里
宁蒗不再是简单的名词
它更像一组动词
激荡起山水三千言语
父亲活在里面
奶奶死在里面
山山水水进母亲的一个拇指里
从此有了母亲高贵的血液

深深地活在山脚处

往深刻的寒夜里钻
陈述的口吻
一说出来
就会变出晨曦的目光
不再纠结日子的一天天死去
也不再徘徊会如何的影单形孤
每个光芒只是美好的推动
坚硬的牛角上刚强地生活
那都是深变浅的夜
这时我才发现自己原来已经成了
浅滩的一部分
那熟透的太阳
慢慢吞噬着

晨曦里不多的影子
这我才明白
我深深地活着
深深地在山脚处的某个滩涂
完整地存活了下来
此时太阳已经把属于它的那一部分照亮了

围栏

围栏上围着
种着苦荞
种着我的老家
种着那些孩子的游戏
种着那些父亲母亲的耕作
母亲是快乐的名词
围栏坐着快乐的母亲
母亲是忧愁的动词
围栏里住着愁绪的母亲
我看到的围栏在流浪
它跟着天空在流浪
有时我的故乡
也带着我一起跟着流浪

土层

泛黄的秋天
那些海浪一样翻滚的尘土
那些尘土里最土著的我
一起迁徙的秋天
把盛装打扮成了土地
我那些可爱的人们
家家生火做饭
等着日子一天比一天地过下去
我那些蚂蚁一样的部落
个个手无寸铁地搬运着生活

故乡

那个群山争宠的故乡
被围得水泄不通
山下挑水的母亲们
嘻嘻哈哈
跋山涉水
牧场的羊一只比一只肥美
有时候兴致一来
父亲们会宰上一头
那会像节日一样度过
对酒当歌
蓝天放在手里
没有一条河流敢饮
苦荞丢进磨盘

转了三生三世
没有哪粒不干净
候鸟南来北往
痴心留恋地都做了巢
不甘寂寞地下山
这就是故乡

夜

把夜藏进眼睛
无声无息
让每一次闭眼
都能有一群星星在流浪
多少养眼的风景
一群又一群的青年
算出自己星座
学着跳舞的风
吹起灯管的亮度
我看见摇晃的诗歌
看见那些嘴唇里的语言
不断涌进长江那些支流

岁末

窗外的冬
剩几声刺痛人声的风
12月的天气预报
在一大串的寒意里被报
我躲在屋里
躲在人声温暖的屋里
看着窗外的一大堆土地
看着远方一大片的天空
想到了母亲
便想握住寒握住远方
便想握住母亲的温暖
就像母亲一辈子
握着的皱巴巴的人民币

说什么也不舍放手
这是我第一次看到的寒
看到远方岁末给我捎来的寒

把一切塞给一首情歌

用一首情歌
灌醉自己的喉咙
别让它吐出真言
那些哽咽的话会带出泪
也别让它漂泊
一颗孤独的心
回答的也都是孤独的句子　不要祈
求
一次哽咽会收割一场万恶的退场
一首情歌会缝纫出一个承诺的影子
一切仪式一样的仪式
一切爱情一样的爱情
一切转眼之后的转眼间
都在一切一切的哽咽

无相生

把一切的哭声
停止
用一亩苦荞的距离
山冈上的羊
跟洁白的石头
一起
跟零散的雪
一起
跟混蛋的偷盗者的脚印一起
二叔的口哨
让这一切提前结束

九月底

九月底
太阳晒黑的影子
带着一批批异乡人
从远方的汉语区漂泊而来
放下一口充满墨水的普通话
一头扎进九月
等到头一抬
便把整个九月收获了
九月使他们年轻了不少
晒谷场上
摆下县城的百货
有火腿肠　方便面
还有叫不出名的香烟

阿克乌牛的牛
在这座充满了漂泊的高原
不知来回几回　闲了一个季节
它们有的是体壮膘肥的力气
这只被勤劳册封过的牛
这只曾被贫穷拉下年纪的牛
这几年来
不知道放牧了多少个草场
这几年
生活少了很多的贫困
日子慢慢过得有了模样
满坡上的畜牧
满坝下的农业

一首不老的歌

夜夜夜夜
空空的身体
以歌声抚慰死寂的久远
风没有半点的声音
世界好像死在了手里
手又一把把生活抓紧
偶尔漏出的声音
蟋蟀一样坦率地面对着我
我无言以还
毕竟我们是世界的两端
再接近夜的问题
也只是绰绰有余的回答
彼此之间的无所事事

一次这样的想象

今天我被挡在
一部手机里的某个号码外面
世界和她都在手机里存着
没能和她说上话
有些遥远的高原反应
虽然今天的上午
人都有那么多事要繁忙
或是预谋已久，或是早已研究过
今天
我和她在一个世界的两个方向

无痛地穿过那片云

风一把一把袭来
又一次次离我而去
我独自抵挡
又独自送别
那年父亲讨伐的生活
一别恍然都成了故乡
一别　今天
所有的日子都在被变卖着
拿起那些冰冷的夜晚
青春和它一起消磨殆尽
一朵云
一朵我也一样不认识的云

痴痴呆呆　遥望
或者许久的被遥望
那年母亲好像
也有这样的时候
但更多只是为了休息
疲惫的身体
可能从未像我这样的惬意

今天

今天
不管农历还是公历
都不是那么的举足轻重
对于水涨船高的人来说
今天
也只不过是无足挂齿笑柄一枚
今天对于更多的人来说
普通的与我都能关联到一起
是啊今天更多是我的思考
对于我来说
今天得把位置找好
这是一一对应的点名册
稍有不慎
你就会丢失你唯一的个性
今天
在九月的教室里
你是从未谋面的真理
我是从未谋面的问路人
那不管我也不管我们
都是如获至宝

无限的度量

太阳从地平线上拔起
我很厚也很重
看着像雾霾起一样
渐渐模糊的影子
仿佛比传说更痛苦
不过人活着
痛苦不如愉悦来得迟
不过我比迟早来得缓慢
我是一个迟钝的人
这一点卖馄饨的老李
看得见
只是我看不见他们

从早到晚捞起的人心
不过可能他更需要的是
一打打的人民币吧

滴答的问候

你有一个名字
坐落在族谱之中
我知道你
因为我们都是形单影孤的人
因为我们在一天泪流满面
今夜风没有从我身旁收到任何遗迹
一粒尘土和一粒种子一样厚实
再次往后
我看到了手机
看到了它屏幕里的一亩又一亩的田野
我看见它们在流淌
看见它们有我的视野

哭比泪更容易轻柔

比泪更难以预测的
只有人的心了
看到过的人
有的比石头僵硬
有的比口腔滑溜
有的有励志的口信
从遥远的故乡传来
有的只有不起眼的永别
有的逛完自己的一生
悄悄成一场葬礼

默默地写下生活

离十点还有那么一刻
我孤独的石头
低沉而沉稳的独立或群起
离十点还隔着那么一片天空
我记得就在昨天
雪白的石头　　向我的群山
说明着每一粒星座的遥远
向我的高原
回答着刚硬的部落密码
在更多的时候
我感觉人间的生活变得粗糙而哽咽
有些圆滑的世故
变得熟悉又陌生
有些果实还原了最干净的原始的干净

通过某个时间隧道

某个山冈
它孤独地站稳
狗咬的风一寸又一寸
撕裂着我无解的问号
它们可能
带着粗糙无边幅的身躯
带着陌生的城市风景
摇晃成某个女人的红嘴唇
那一滴劣质的红酒
它们可能
延伸得会比嘴唇的厚度还要久远

空间里囚渡天空的无限

生活在无限的空间里
我用我的影子
缩小孤独的国度
我用我身后的画面
见证一匹又一匹的苦荞地
囚渡在雪白的石头山
眼睛　视野　诗意
都带着雪白的光芒
我的童年我的青年
仿佛也是这样的无数次追逐着
部落里炊烟袅袅的午后

那难耐寂寞的雏鹰
在褶皱的午后
在那雪白而韵味的石头之间
自由而漂泊地流浪

九月的魅影（一）

把你身旁的日子
留给九月的魅影

我暗自徘徊
悠长巷道整齐排列而成的风景
那样的如同光芒一般
洗礼着进九月的每一个行囊

一朵一丛的菊花
覆在九月的这些天气里
不知滋生了怎样的情愫

而我独自荡漾着另一番画面
那是思绪久久驻足九月的菊花丛
那是消尽九月的另一抹色彩

你身旁的影像里
我不是第一个驻足的客
亦不是最后一次道别的影
我只是万万年后
足迹在万万年前停留的一枚信念

相逢的时间

相逢的时间
隔着月台里的一个背影
搂紧火车一节节的礼貌用语
我独自去偷欢
去和时间和它的背影相会
不带一点自由之旅
一切都是有理有章
也不带一丝相逢的想念
一切都是树立的尊者
一杯菱形的月光
被夜一把洒进我的怀里
我满怀敬意　　不知躲躲闪闪的人
会有多少和我一起

一口井的诉说

我在一口枯井旁
对着它的空白
发呆
很多井底之蛙
手忙脚乱，开始蹦出来了
现在我慢慢打开
花掉母亲父亲
那些粗布包裹的伤痕

九月的魅影（二）

九月的菊花还没有开透
远驰而过的火车
便于东南的某个早晨拉来了十月的天空

十月
日子过得一天比一天简单
不管从哪个角度来看
人性中最为孤独的中心
都会是东南部的天气
那注定是孤独的存在

我试着在一本历史教科书里打盹
试着于十月从东南部拉来的炎热里做梦
一片片的人影
从今年的菊花展旁走过

这是一个安静的午后
它足够引人遐想
遇上相同的过去
想到十月相逢的美好
菊花就一片片地往心头开放
那是一幕幕的浪漫风景
也是一程程远途的美好回想

菊　人间最为纯粹的生命

开在十月的路口处
路人　游人　摄影机
成为它存在的另一种错觉

把影子拧干

你的影子
在荒山里静静枯萎
这是一大片荒凉的土地
里面种满了黑色的夜
让人总是喜欢
打着油灯寻找
找寻最靠近原始的部分
我看到土著的部落
在你拧干的影子上堆成
一大片树荫下的漂泊
它穿着洁白干净的衣
像拧干的河流

在大地的手掌上沉默
今晚的风不大
能吹干你的眼睛
也能吹落你的眼泪

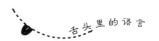

沉默往更为沉默中试探

心中晃动的森林
在我全心渴望的国度上演
那远古时代神圣的传言
有的人沉默不语
跟高贵而虔诚的宁静类似
有些人沉默不语
与牢狱的阴影不相上下
我更喜欢坐在刻薄的语言上
表达那些流散在远方的沙滩
沉默不只是属于自己向
心灵乞讨恩惠的砝码
如果一个穷鬼这样试探
那无人抵达的路程

路人只会给你
比石头更为沉重的沉默
口哨装下苦难
掏出更加苦难的旋律
那个喝酒就醉倒的人
在找寻丢失在酒场里
那比沉默更为重要的话语
那是他从故乡带来的唯一秉性
丢不得

那两个影子一直在嘀咕

那是两个彼此熟悉的陌生人
我在路灯下遇见了他们的陌生
他们的言笑三碗不过冈
他们的话语搬运着他们的表情
他们仅仅是过客
我仅仅是热闹之徒

假如今夜

假如今夜
如一本厚厚的诗集
可读　可看
假如
月亮升得缓缓
是那个山泉眼
通透的土路
少女弹指的一挥间
天籁
在今夜压弯寂静的夜

昂首生活的高粱

在远方收获最赶早的荞麦
安抚行李的路程
刚好收集了那一年的离别
远方似乎有马铃
震荡了那只守望的耳朵
路口吹散的脚印
有几个我似曾相识
最初是谁灌醉那本分的青蛙
舌头摇晃在那个少言的年代
毕摩的《指路经》记载原本
苏尼的口头禅流露当初
声音逼近惊出一群

偷窥文字的人群
那里我只是个路人
那时我只是偷走言语的过客
最后我在那个路口离别
那个远方的梦
那酿造词语的山冈
我迷醉在远方

走

他今天走
他选择了最漂泊的汽车
端坐最漂泊的位置
沸腾　碰撞
从海拔的高度计算
从今天起
太阳不管怎样多情
他都是离它最近的
他人明天走
背包里他是所有的行李
车厢里他只是一粒尘土
把一个城市跟一座寨子

铺在刚性的铁轨上
等过了苦荞花开过的地方
他就会沉淀成
一张拧干的面庞
从山下的雨季
向山上的泥泞走去
从此他每一次回望
都是每一次地矗立

天空

蔚蓝的海岸上
流淌着蔚蓝的天空
蔚蓝色的天空里
草原上无数的早晨
唤起母亲无数遍的牵挂
几张照片的梦游
望见了远方游走的天空
六月的天空啊
让六月的夜晚
收割六月的思念
思念就长在母亲的麦田里
那蔚蓝海岸上
流淌着远方的风景

羊群曾无数次属于它的一个部分
成为无数个越活越孤独的石头
剪成的孤影一个
天空空空荡荡的游走
孤独的影子
是我昨天留下的样子

渴望

渴望的日子
永远比沉重更直接的
醉着
现在的渴望的种子
埋在商业区的土壤之下
现在的渴望的城市
堆在山山水水之上
在渴望这个夏季里
我打开好扇子的谦虚
让卑微许下炙热的承诺
渴望是渴望者的路碑
徘徊之上
睡着千年的犹豫

不走你心里的路
和所有相反的人成了朋友
渴望的人啊
早早晚晚
把渴望远远望走
渴望的人啊
走走停停
把渴望望到远方

身体这里

脑袋溢出的思考
我把它们认作知己
胸腔醒来的雪花
我都当成梅花开放
心跳震惊的菩萨
我都允许赤脚念经
耳朵叠起的海拔
我默默攀爬
嘴巴敲出的键盘
我答应成回答
舌头拉长的惊叹
我沉淀成无数个的无眠
赤脚起步的价格

我换智三丈文三千
我身体这里走进的
再从我身体那里走出的
我当成我的一部分
当成早晨醒来